少女奇譚

あたしたちは無敵

朝倉かすみ

角川文庫
21854

目次

留守番

I

　ウーチカがそいつを見つけたのは金曜の夜だった。そいつはテレビの後ろの三角形の隙間にいた。黒とも緑とも言いがたい色だった。最初はスーパーボールだと思った。大きさといい、かたちといい、よく似ていた。でもちがった。そいつはカタカタとふるえていた。武者震いではなく、臆病風に吹かれているようだった。

　つまみあげたら、ちょっと暴れた。手のひらにのせると、おとなしくなった。ふるえも止まった。重さは感じなかった。ぬるま湯でもどしたお麩(ふ)みたいな手触りだけが伝わってきた。

　ウーチカはそいつをのせた手のひらに左手をかぶせ、そろそろと自分の部屋に向かった。ドアは左手で開けた。覆(おお)いがなくなっても、そいつに逃げ出す気配はなかった。それでもウーチカは急いで棚からガラスのキャンディポットを取った。机に置き、かたむけ、そのなかに、そいつを転がすようにして入れ、パッとふたで閉じた。ふたはガラス製だった。ぐるりに半透明のパッキンがついていた。ウーチカは心配になった。これでは息ができないかもしれない。

台所からラップを調達してきた。キャンディポットのふたを外し、ラップをかけ、コンパスの針で穴を開けた。ふたつみっつ開けたところで、ウーチカは椅子に腰かけ、穴を開けつづけた。

そのとき、ウーチカの口もとはほころんでいた。ほっぺたもつやつやと桃色にかがやいていた。いいものを見つけた。そう思った。ウーチカは、そいつを、いいものだと信じた。ひと目で、きっとそうだ、とひらめいたのだった。


おとうさんとおかあさんは、知り合いのお通夜に行っていた。ウーチカは妹のタマゴンとお留守番をしていた。タマゴンは五歳だった。なかなか世話が焼けた。

とにかくウーチカに頼りっぱなしだった。ウーチカのことをおかあさんの代わりだと思っているようすだった。ちょっとでもおかあさんとちがうことをしたら、遠慮会釈もなく苦情を述べた。次から次へとお願いごともした。なかには、おかあさんにはしないお願いもあった。どちらにしても、お願いがかなえられなかったら、すねたり、ふくれたり、泣いたりした。おねえさんとはいえ、ウーチカは十一歳。そんなに甘えられても困る。

ウーチカは、まずタマゴンといっしょにお風呂に入った。

外あそびの大好きなタマゴンは、顔や手足はよく日に灼けていた。胴体だけが白い。ことにお腹が白かった。ぷっくりと出っ張っていて、赤ちゃんみたいだった。

ウーチカはこっそり自分のからだと見くらべた。ウーチカのからだは、タマゴンよりも大人のすがたに近かった。

ウーチカはそんなに大柄な少女ではなかった。小学校五年生にしてはおちびさんのほうだった。やせているせいか、発育はそうよくなかった。腋の下も股間もすべすべしていた。胸も、まだ、くっきりとした輪郭を持っていなかった。でも、先っぽがシャツに擦れると、痛くなった。張りつめていく感覚もあり、こうやってふくらんでいくんだろうな、と確信を持って思われた。タマゴンのからだつきが、ふと、なつかしくなった。わたしにもあんなころがあった。

ウーチカはタマゴンのちいさなからだと、長い髪を洗ってあげた。タマゴンはウーチカの言うとおり風呂椅子に座ったり、立ち上がったりして、したがっていたのだが、すぐに、文句をつけはじめた。指のまたの洗い方が雑だとか、お湯のかけ方がやさしくないとか、いろいろだった。

「目の穴に入った！」

髪を洗っているときには、そう喚いた。シャンプー液が目にしみたらしかった。

「目の穴？」

ウーチカは少し笑った。

「目は穴じゃないよ。耳の穴とは言うけど、目の穴とは言わないでしょ」

「だって、黒いよ。穴は黒いんだよ」

「でも、指、入れられないし。穴だったら、指が入るんじゃないの？」

それにだいたい、とウーチカは付け足した。

「おねえちゃん、言ったよね。シャンプーが入るかもしれないから、目をぎゅっとつぶってること、って」

「それでも目の穴に入った」

「だから、目は穴じゃないって。タマゴンが目を開けてたのがいけないんだよ」

「でも、ずっと目をつぶってたら、目の穴がひろがってきもちわるい。目の穴は黒くてぬるぬるしてるから」

濡れそぼった黒いものに全身を侵食されていくような感じがする、というのがタマゴンの言い分だった。

ウーチカはタマゴンの目をよく見てみた。たしかに水っぽかった。おたまじゃくしみたいに、いきいきと濡れていた。目だと思うからきれいだが、穴だと思うと、なるほど、あんまりきもちはよくなかった。濡れそぼった黒いもので満たされている穴だと考えたら、いっそう気味が悪かった。

「穴じゃないけどね」

突き放すように言って、ウーチカはタマゴンとのやりとりを終わらせた。「目は黒いから穴だって言うけど、青い目のひとや緑色の目のひともいるよね。それでも目は穴だって言うの？　それに穴は黒いんじゃなくて、暗いの。暗いから黒く見えるだけ」と論破するのは控えた。タマゴンはこどもだ。こども相手にむきになるのは、ばかげている。

「不毛な会話だ」

とひとりごちるにとどめた。クラスで流行しているフレーズだった。口にすると、ものの分かった大人のような心持ちになる。「すもう？」とタマゴンに訊き返され、大げさに噴き出してみせた。

バスタブではタマゴンのお願いにこたえ、アヒルちゃんや金魚ちゃんであそんであげた。お風呂から上がり、タマゴンの長い髪をドライヤーで乾かしているあいだ、ウーチカは妹をじっとさせていようとアイスバーを食べさせた。髪が乾く前にアイスバーを食べ終えたタマゴンにおかわりをせがまれ、自分のぶんをあげた。

「アイス、アイス」とタマゴンが騒いだからだ。タマゴンは「ア・イ・ス、ア・イ・ス」と足踏みしたのち、「アイスゥ、アイスゥ」と哀れな声を出し、泣きべそをかいた。おとうさんやおかあさんがいるとき、タマゴンはこんなにしつこくしない。ウーチカだから、押せばなんとかなる、と思っているにちがいないのだ。

ついにウーチカは根負けし、アイスバーをタマゴンに渡したというわけだった。いちおう、「お腹こわしても知りませんよ」とおかあさんっぽい台詞は言い添えた。

「……不毛」と肩でためいきをついたのは、溜飲を下げるため。

ウーチカだってアイスバーを食べたかった。でも三本減っていたら、一日一本の掟を破ったことがおかあさんにばれる。たとえ叱られなくても、おかあさんからの信頼をそこなう結果になる。お通夜に出かける前、おかあさんはウーチカにこう言ったのだった。

「卯月、珠緒の面倒をちゃんとみてあげてね」

おかあさんがウーチカとタマゴンの本名を口にするのは、本気でものを言っているときだった。玄関の上がり框に立ち、ウーチカはしっかりとうなずいた。おかあさんは満足そうにうなずき返し、ウーチカの傍らに立つタマゴンに視線を移した。

「タマゴンはおねえちゃんの言うことをよくきくこと」

とやや腰をかがめた。タマゴンが頭全体で何度もうなずくと、親指を立て、「がんばってね」とつづけた。ウーチカは、がんばらなければならないのは自分だけだ、と気づいた。

「なあに、ウーちゃんはしっかりしてるから大丈夫さ。タマゴンだって、おねえちゃんの言うことときくよね？」

おとうさんも腰をかがめ、タマゴンに話しかけた。またしても頭全体を動かし、ふざけながらガクガクとうなずくタマゴンを見て、にっこりと笑い、その顔のまま、ウーチカに目を向け、「ね？」というふうにうなずいた。

おとうさんは、最初、タマゴンをタマちゃんと呼んでいた。すぐにタマゴンと呼ぶようになったが、ウーチカにたいしては、ウーちゃんのままだった。

おかあさんがおとうさんと結婚したのは半年前だった。半年前、ウーチカはおとうさんに初めて会った。

ウーチカはいっしょに暮らし始めてすぐにおとうさんと呼んだのに、おとうさんはウーちゃんとしか呼んでくれない。それがウーチカは少しさみしく、少しかなしかった。

もしも自分が中学生や高校生だったら、新しいおとうさんがウーちゃんとしか呼べなくても気にならないと思う。むしろ、ほっとするかもしれない。

中学生や高校生は、見るからに大人のすがたをしている。洋服を脱いでも、たぶん、大人のすがたのまま。大人のおとうさんとしては、大人のすがたをした新しいこどもに、いきなりウーチカと呼びかけるのは、なんとなしきまりが悪いはずだ。呼ばれたほうだって、おんなじだろう。おとうさんとはいえ、よく知らない大人の男性に「ウーチカ」となれなれしく呼びかけられたら、なんとなしばつが悪い。おかあさん、ウーチカ、タマゴンの三人家族に、あとから加わる戸惑いも、おとうさんにはありそうだった。どのくらいの早さで溶け込むのが適切なのか、迷っているのかもしれない、とウーチカは推量していた。

「ウーチカ」も「タマゴン」も家族のなかだけでの呼び名だった。

ウーチカがまだ赤ちゃんで口がまわらなかったころ、自分のことをそう呼んだのを両親がおもしろがった。生まれたときから元気のいいタマゴンは怪獣になぞらえて、そう呼ばれるようになった。命名したのは、ほんとうのおとうさんだった。「ウーチカ」と呼び始めたのも、たしか、ほんとうのおとうさん。

新しいおとうさんが、ふたりの娘を「ウーチカ」「タマゴン」と呼ぶのは、だから、四人家族に加わるようなもの、とウーチカはこころのどこかで考えていた。ウーチカにはこの考えのほうが自然だった。

ほんとうのおとうさんは一年前に亡くなった。

それをさかいに、おかあさん、ウーチカ、タマゴンの三人家族になったのだけれど、ウーチカは相変わらず四人で暮らしているような感じがしていた。ほんとうのおとうさんとは、二度と会えない。だからこそ、いつまでも、四人で暮らしていくのだと思った。
ウーチカがもしもタマゴンとひとつちがいか、あるいは、タマゴンの妹だったら、新しいおとうさんは、たぶん、「ウーチカ」と呼んでくれたはずだ。十一歳になってしまったから、「ウーちゃん」どまりなんだ——。ウーチカはそのように考えた。

お風呂からあがって、姉妹はリビングのソファにくっついて座り、テレビを見た。

新しいおとうさんと暮らすマンションも、テレビはリビングの角に据えられていた。テレビの後ろに三角形の隙間があるのも、前に住んでいたアパートと同じだった。ちがうのは、三角形の隙間の壁側に、フック船長の左手みたいな大きな鉤(かぎ)がないところだった。ほかにもいろんなちがいがあったけれど、それが一番大きなちがいだった。

前に住んでいたアパートは、川べりに建っていた。とても古かった。泥水のような色の木でできた二階建てだった。ウーチカたちは二階の川側に住んでいた。夏、窓を開けると、蚊がたくさん入ってきた。ウーチカたちが暮らしていた部屋には、ウーチカたちの前に、いくつもの家族が住んでいたようだった。その証拠として、大きな鉤を始め、ちいさな鉤や釘(くぎ)や画鋲(がびょう)が壁や梁(はり)に刺さっていた。柱にはシールが貼ってあったし、こどもたちが背くらべをしたあともあった。

いまのマンションは、新しいおとうさんの持ち物だった。十四階建てで、大通りに面していた。ウーチカとタマゴンはオートロックがめずらしかった。引っ越してきた当初は、用もないのに日に幾度も出入りした。姉妹のあそびにおかあさんも機嫌よく付き合ってくれた。ドアホンチャイムのボタンを押すと、少し気取った声で新しい苗字を名乗った。

リビングや夫婦の寝室のほかに、姉妹それぞれの部屋があった。どの部屋の壁も真っ白で、そして、全室フローリングだった。畳の部屋はひとつもなかった。

前に住んでいたアパートは、部屋がふたつあった。リビングと、親子四人でおふとんを敷いて眠っていた寝室だ。どちらも畳敷きだった。おとうさんが亡くなってから、リビングだけ畳替えをした。寝室の畳は、ささくれ立ったままだった。

「あとからなにか言われたらいやでしょう？」

ウーチカはなんにも言っていないのに、おかあさんはそう答えた。

「……虫がわくかもしれないし」

と爪を嚙みたそうな身振りで、ひとりごとのようにつづけたあと、

「すぐに引っ越すんだし」

と前髪を搔き上げた。ウーチカたちがいまのマンションに引っ越したのは、それから半年後だった。

テレビはつけていたのだが、それはそれとして、タマゴンは絵本を読んでもらいた

がった。隣の部屋からお気に入りの絵本を抱えてきて、ウーチカに「読んで、読んで」とせがんだ。仕方ないなあ、という振りをしながらも、ウーチカはまんざらでもなかった。ウーチカにしてみれば、待ってました、というお願いごとだった。

ウーチカは朗読が好きだった。ひそかに得意に思っていた。授業中、国語の教科書の朗読をあてられたときは、わざと棒読みにしていた。授業なのに抑揚をつけて読むなんて恰好悪い。「女優」と陰口を叩かれるかもしれないし。

ウーチカが上手に絵本を読んでいるのに、タマゴンはときどきテレビに気をとられた。リモコンで番組をかえたりもした。ウーチカは面白くなかった。得意の朗読を披露できるのは、いまのところ、タマゴンの前だけだった。

そうするうちに八時になった。ウーチカはタマゴンに歯をみがかせ、部屋に連れていった。タマゴンが眠りにつくまで、また、絵本を読んであげた。タマゴンが寝息を立てたら、灯りを落として、リビングに戻った。(やれやれ、やっと寝たわ) というような言葉をこころのなかに浮かべた。

リビングに散らばっていた絵本を、ひとところにまとめて積んだ。タマゴンを寝かしつけに行ったときに消していたテレビをつけた。ボリュームは低くした。すると、ちょっとだけさみしくなった。たったひとり、という感じがにわかに濃くなった。

隣の部屋ではタマゴンが寝ていた。テレビ画面はにぎやかだった。低くはあるけれど、陽気な音声も聞こえた。それでもウーチカの胸には孤独感がつのった。雪女かなにかに、ひゅうっと息を吹きかけられたように、こころもからだも冷たくなった。

ソファから立ち上がり、テレビに向かった。そうっとテレビの後ろを覗いてみた。手を伸ばし、三角形の隙間の薄暗い空気にふれた。おいでおいでをするように、手のひらを動かした。ウーチカの動きは、三角形の隙間の空気をかきまぜているようだった。

「……ふうん」

ややあって、ウーチカは伸ばしていた手を引っ込めた。

「ふうん」

再度つぶやき、かすかにうなずいた。前のアパートでもしばしば試した行為だった。おかあさんが残業で遅くなり、タマゴンが眠りにつき、ひとりぼっちだと感じたとき、ウーチカはテレビの後ろを覗き込み、手を伸ばした。そのあと、引っ込めた手をパジャマの胸もとで拭(ふ)くような仕草をした。その夜もそうした。三角形の隙間を見るともなしに見ながら、手のひら、手の甲をパジャマの胸もとになすりつけるように動かしていたとき、そいつに気づいた。

2

ウーチカの夢は、お笑い芸人になることだった。

ほんとうはアイドルがよかった。ジュニアモデルとして、いますぐ活躍するのも悪くなかった。でも、アイドルやモデルになるのは、すごくむつかしそうだった。首尾よくなれたとしても、うんと人気者にならないと、その後の道がひらけないだろう。

その点、お笑い芸人は、そこそこの人気者になりさえすれば、アイドルへの道がひらけると思った。もちろん、お笑い芸人になるのだってたいへんだ。アイドルやモデルになるのと同じくらい倍率が高いことなど知っている。

それでもウーチカは、お笑い芸人ならなれそうな気がしていた。アイドルやモデルの世界では平凡な容姿でも、お笑い芸人のなかでなら可愛いほうに分類される。お笑いの専門学校に通えば、その時点で、きっと、目立つ。とんとん拍子にデビューして、芸をみがき、業界の有力者に気に入られたら、おのずと活躍の場が広がる。そう考えていた。

できれば、コンビを組みたかった。ピンでもいいけど、ふたり組のほうが、仕事が多いような気がする。テレビでよく見る芸人は、たいていコンビだった。加えて、コンビだと、ウーチカの可愛さが際立つ。ウーチカは、なるべくブスな相方と組むつもりだった。なるべくブスで、なるべくデブ。コンビとしてのインパクトが大きくなる。お茶の間のみんなに覚えてもらいやすい。

実は、白羽の矢を立てていた。同級生のミツモリさんだ。ミツモリさんは大柄だった。すこぶる体格がよく、動きがのろい。目は細く、まぶたが厚く、鼻はあぐらをかいていて、にたぁ、と笑うと、なんとも不気味。肌もざらざらしていた。二の腕には、きりんの模様みたいな茶色いしみがあった。

相方には打ってつけの人材だった。幼なじみ（あるいは学生時代の友人）とコンビを組む、というのも、ウーチカの夢のひとつだった。

おかあさんが結婚したのを機に転校した学校で同級生になったのだから、厳密に言うと、幼なじみではない。だが、大人になって振り返れば、小学校からの友だちは幼なじみになるはずだ。

うまい具合に、ミツモリさんには仲のよい友だちがいなかった。どちらかというと、クラスの余り者だった。ウーチカは積極的にミツモリさんに声をかけ、親しくなった。家が近いこともあり、登下校はいつもいっしょだった。放課後もよくあそぶ。

ウーチカと友だちになってから、ミツモリさんはクラスに溶け込みつつあった。ひとえに、わたしのいじりがうまいせいだ。そうウーチカは自負していた。

ウーチカだって転校半年目のよそ者だから、目立つことはできない。ミツモリさんが噛んだり、言いまちがえたりしたら、ときおり茶化し、さらに話をふくらませる程度だった。たとえば、遠足の前日。おやつをどこで買おうかという話題が教室で盛り上がったときのこと。

「あたしはイオンを買う」

とミツモリさんがボソッとつぶやいた。言いまちがいに気づいたウーチカはすかさず、

「イオン、買っちゃうんだ。さすが太っ腹！」

と手を打って冷やかした。ミツモリさんも心得たもので、「いやー、それほどでも」と、にたぁ、と笑った。「笑ってるし」とウーチカがさらに突っ込むと、そばにいた女子にけっこう受けた。あのふたりはいいコンビだ、という声も聞こえてくるようになった。ウーチカといるときのミツモリさんは面白い、という声がちらほら聞こえた。

自分が天性のツッコミなら、ミツモリさんは天性のボケだ、とウーチカは思った。わたしたちは絶対いいコンビになる。もしかしたら、天下をとれるかもしれない、なーんて、と寝しなに夢をふくらませたこともあった。

きょう、ミツモリさんに夢を打ち明けた。場所はミツモリさんの部屋だった。告白するつもりはなかったが、流れでそうなった。

ミツモリさんの家には、学校帰りに寄った。いったん自宅に戻ってからでないと、友だちの家に行ってはいけないきまりだったが、あえて、無視した。そんなことにかまっちゃいられない、という空気があった。

「知ってる？　こっくりさん」

下校中、ミツモリさんが唐突に切り出したのだった。ウーチカはこっくりさんを知らなかった。「あたしも知らなかったんだけど」とミツモリさんはゆっくりとうなずいた。「親戚のおばさんから聞いたんだ。きつねの霊がおりてきて、どんな質問にも答えてくれるんだって」

「どんな質問にも？」

きつねが？　とウーチカは半笑いで首をひねった。

「なんできつねがそんなになんでも知ってるの？　ていうか、なんで言葉が分かるの？　きつねなのに」

そう突っ込んだら、ミツモリさんはさっきよりももっとゆっくり——というより、ゆらりという感じで——うなずいた。

「霊だから」

ミツモリさんの声は普段よりも太くて、低かった。お風呂場にいるときみたいに反響して聞こえた。ウーチカはひじょうな説得力を感じた。

「霊だからね、うん」

そんなことは最初から知っていた、というふうにうなずき、

「未来のことも教えてくれるのかなあ」

とつぶやいた。

「もちろんだよ」

ミツモリさんが請け合った。昨晩、親戚のおばさんに教えてもらった通り、中学一年生の姉とやってみたのだと声をひそめた。こっくりさんのお告げによると、ミツモリさんは大人になってもデブのままだそうだ。

「そうじゃないかとは思ってたんだけど」

にたぁ、と笑ってから、ミツモリさんは、「でも、結婚はできるんだって」と言った。「しかも二回」と太い指でピースマークをした。

「え、二回？」

ウーチカは驚いた。それはたぶん、ウーチカとコンビを組み、天下をとったあかつきの出来事なのではないか。有名人になったミツモリさんだからこそ、二度も結婚できたのではないかな。

「……紙の書き方、知ってるけど？」

ミツモリさんは、俄然こっくりさんに興味を覚えたウーチカのきもちを察したようだった。ウーチカが「紙？」と訊き返す前に、こっくりさんをやるには、「はい」とか「いいえ」とか鳥居とか五十音を書いた紙が必需品なのだ、と答えた。

　ミツモリさんの家は、わりと大きな一戸建てだった。おとうさんが老舗の味噌屋さんを経営しているらしい。おかあさんもおとうさんの仕事を手伝っているのだそうだ。ウーチカのおかあさんとほとんど同じだった。ウーチカのおかあさんも新しいおとうさんの会社で働いていた。居酒屋チェーンだ。そこで事務員をしていた。辞めたのは新しいおとうさんと結婚する直前だった。

　ミツモリさんの家に行くと、いつものように、おねえさんがいた。おねえさんは、顔もからだつきもミツモリさんとよく似ていた。リビングのソファに寝そべり、お菓子を食べながらアニメを見ていた。ウーチカが挨拶したら、「あ」と首をもたげ、振り返った。おねえさんもミツモリさん同様、この先も太ったままだが、結婚はできるらしい。しかも相手は、現在、おねえさんと同じ中学校に通っている男子だという。サッカー部の副キャプテンなのだそうだ。

　ウーチカは勝手知ったるというふうに二階に上がり、ミツモリさんの部屋に入った。ベッドに腰かけて足をぶらぶらさせていたら、ミツモリさんがお菓子とジュースを持ってきた。

ミツモリさんのおとうさんが経営している老舗の味噌屋さんが、やはり老舗のおせんべい屋さんとコラボして開発した味噌せんべいを一枚かじり、ジュースを飲んだら、「さあ、始めよう」となった。

ミツモリさんはおねえさんの部屋から小机を運んできた。えんじ色の木製で、ところどころ、剝(は)げていた。その小机は納戸の奥深くに眠っていたものだそうである。昨晩、おねえさんが見つけ、こっくりさん用、と決めたらしい。

小机に白い紙をひろげ、ミツモリさんがなにやら書き始めた。ウーチカは小机のそばに腰を下ろし、ミツモリさんの指と、白い紙をじっと見ていた。

「よし、できた」

ミツモリさんが言い、立ち上がった。机の引き出しから十円玉を取り出し、どすん、と床にお尻をつけた。白い紙に書いた鳥居のところに十円玉を置き、ひと差し指でそれをおさえた。おさえる、というより、のせる、という感じ。あるいは、そえる。

ウーチカにも同じ行為を目で要求した。ウーチカは無言で自分を指差し、それから十円玉を指差した。ミツモリさんがおもおもしくうなずいたのを確認してから、十円玉に指をのせた。それだけで胸がどきどきした。ミツモリさんが深呼吸したのち、こっくりさんに呼びかけると、鼓動はもっと速くなった。緊張もしていた。十円玉にのせていた指がちいさくふるえた。

　と、十円玉が動いた。スッ、と滑って「はい」と書かれたところで止まった。ウーチカはちっとも力を入れていなかった。十円玉に引っ張られた感じがした。ウーチカの見たところ、ミツモリさんも十円玉に軽く指をそえているだけだった。……ということは？

（これってガチ？）

　ウーチカはこころのなかでさけんだ。いくぶん蓮っ葉な言葉を使ったのは、高まる緊張と興奮を抑えるため。ミツモリさんの呼びかけ通りに十円玉が鳥居にもどるまで、（これってガチ？）に（マジか！）を加えて繰り返した。

「なに質問する？」

　訊きたいことある？　とミツモリさんが訊ねた。ウーチカは自分の夢のことをすぐにでもこっくりさんに訊きたかった。でも、まだ早い。もうちょっと「あったまって」からのほうがいい。

　そこで、ひとまず、クラスの女子の名前をあげ、「なになにさんは生理になっていますか？」とか、「なになにさんの好きな男子はだれですか？」など、訊ねた。こっくりさんの答えはウーチカが思っていた通りのものもあったし、意外なものもあった。ウーチカを意識している男子はクラスにひとりいるが、ミツモリさんを意識している男子は皆無だということも判明した。

　ミツモリさんは、なぜか「ざっとこんなもんさ」というふうな顔つきをした。ウーチカも「まあ、こんなもんだね」というような顔をした。一瞬、間があき、ウーチカは、機が熟した、と判断した。こっくりさんに訊ねた。

「わたしの夢はかないますか？」

　ウーチカの声も、顔つきも、真剣そのものだった。声はちょっと尖ったような気がしたし、頬も引き締まった感じがした。質問を終え、ごくりと唾を飲み込むと、こめかみのあたりがぴくりと動いた。しかしながら、十円玉は微動だにしなかった。ついさっきまではあんなにスイスイ動いていたのに。

「もっと具体的な質問のほうがいいのかも」

　ミツモリさんが眉間に皺を寄せて、アドバイスした。ウーチカは、じっとしたまま動かない、置物じみたミツモリさんのからだを見つめ、訊き直した。

「わたしはお笑い芸人になれますか？」

　すると、十円玉は迷わず「いいえ」に動いた。

「努力が必要ということですか？」

　十円玉はやはり「いいえ」に動いた。

「……芸能人になれますか？」

ウーチカは質問を変えてみた。夢の範囲を広げてみたのだった。もともとはアイドルかモデル志望だった。が、やはり十円玉は「いいえ」に向かった。

「ピンでいくほうがいいのでしょうか？」

質問をお笑い芸人になる夢にもどした。最初の質問は、ミツモリさんとコンビを組むという前提だった。ひょっとしたら、コンビを組むよりピン芸人のほうがむいているのかもしれない。でも、十円玉は、あっさりと、まるで当たり前だというように、「いいえ」に進んだ。

ウーチカは中途半端な表情になっていた。圧倒的な落胆と、ミツモリさんに夢の内容を知られた恥ずかしさ。その夢がかなわないことも知られてしまったから、余計に恥ずかしかった。恥ずかしさをごまかすための笑みと、落胆による強張り（こわば）が、ウーチカの顔のなかでまざりあっていたのだった。

ときどき口をひらいては閉じていた。なにか言わなくては、と気がはやったのだが、なにも思いつかなかった。でもウーチカは幾度も幾度もなにか言いかけた。なにか言おうと試みた。

「明日のリコーダーのテストはうまくいきますか？」

まったくちがう質問が口をついて出た。ウーチカは少しほっとした。日常的な質問にもどることで、夢の実現を本心から願っていた事実が薄まるはずだ。十円玉は「いなかった。

いえ」に向かったが、気にならなかった。リコーダーは苦手だった。そもそも自信が

「やっぱりだめかー」

ウーチカはミツモリさんを見て、ハハハ、と笑った。ミツモリさんは笑わなかった。

亀みたいに首を引っ込め、むっつりしていた。

「お笑い芸人になりたかったんだ」

とちいさな声で言った。「まあね」とウーチカ。可能なかぎり軽く。

「ミツモリさんとコンビ組みたいな、とか思ってた」

とつづけたら、鼻の奥がツン、とした。

「それ、あたしもちょっと思ってた」

そう言って、ミツモリさんが唇を噛み締めたので、泣きたくなった。たとえ、コンビになれなくても、ミツモリさんとは、きっと、ずっと、友だちでいられる。そんな思いが込み上げた。胸がいっぱいになったそのとき、十円玉が「いいえ」に動いた。

「え？」

ミツモリさんがちいさく声を発した。

「バグみたいなものかな」とウーチカが答え、ふたりのあいだでは、そういう結論になった。

3

ウーチカは机に向かい、キャンディポットに入れたそいつをながめている。

おそらく、絶対、重要なアイテムだ。ウーチカはそいつのことをそう思った。ウーチカの、いや、ウーチカとミツモリさんの夢をかなえる超貴重なアイテムにちがいない。たぶん、そいつがあれば、わたしたちは覚醒できる。こっくりさんのお告げをくつがえせる。

それに、きょうのわたしはたいへんよいこだった、とウーチカは鼻の頭をちょいとこすった。あわててすまし顔をこしらえたのは、「よいこ」なんてこどもっぽい言葉を使ってしまい、少々きまりが悪かったからだ。

でも、ちゃんとお留守番をした。それは事実。わがままなタマゴンの面倒をよくみた。これも厳然たる事実。学校帰りに友だちの家に寄るルール違反をおかしはしたが、それを帳消しにし、さらにポイントを上乗せするくらいの働きをしたはず。

ああ、そうか。ウーチカはふいに合点がいった。よいこだったから、覚醒アイテムが手に入ったんだ。

この考え方も、「よいこ」同様、少々こどもっぽい。でも、ウーチカのなかでは、ほかに考えようがなかった。

(だよね？)

なんとなく、そいつに語りかけた。声は出さなかった。言葉にもしなかった。そのようなことを、胸のうちに浮かべたきりだ。だのに、そいつはぷるぷるっとふるえ、ギュルンと高速で旋回した。

「わっ」

ウーチカは目を見ひらいた。

「元気いいね」

と満面の笑みをこしらえ、そいつに話しかけた。すごく驚いていたけれど、おくびにも出さないよう注意を払った。驚きをおもてに出すと、そいつの力を信じていない、と疑われるかもしれない。

そいつは、今度は、でんぐり返しをするように一回転した。そいつが動くたびに、水っぽいものが飛び散った。水分を発散しているのに、そいつはいっこうに萎(しぼ)まなかった。むしろ、ぬれぬれとかがやいていった。緑とも黒とも言いがたい色合いに深みが増す。

ウーチカは、そいつが自分の問いかけに反応するのが、だんだん、うれしくなった。覚醒アイテムと親睦(しんぼく)を深める喜びもあったけれど、ひとりぼっちじゃなくなっていく喜びのほうが大きかった。

（わたし、きょう、がんばったよね）

胸のうちで言った。即座にそいつが動き回る。キャンディポットのなかを体操選手みたいに跳躍した。水っぽいものが盛大に飛び散る。キャンディポットの内側に水滴がぴちゃぴちゃとつく。

（わたし、ずっと、がんばってるよね）

そいつは、さらに、はげしく動いた。体操選手ではなく、トランポリンの選手みたいだった。ふたの代わりにかぶせたラップを突き抜けそうな勢いだった。

躍動感あふれるそいつの動きを、ウーチカはしばし見つめた。

おかあさんが新しいおとうさんと結婚してから、ウーチカは、つねに、漠然と孤独だった。いや、その前から、ウーチカは漠然と孤独だった。

ほんとうのおとうさんが亡くなってからも、四人で暮らしている感じがしていたのは、ウーチカだけだった。

おかあさんも、タマゴンも、ほんとうのおとうさんはいなくなった、と思い込んでいるようすだった。

タマゴンはこどもだから、最初は、ほんとうのおとうさんの死をじょうずに飲み込めなかった。おかあさんに「おとうさんはいなくなったの。もう、どこにもいないの」と言い聞かされ、あっけなく納得した。「すぐに、もっといいおとうさんがくるから」とおかあさんに耳打ちされたのが決定打となった。

タマゴンはほんとうのおとうさんを怖がっていた。繊維の卸会社を辞めたか辞めさせられたかしたおとうさんは、日がないちにちお酒を飲み、ぶつぶつひとりごとを言っていた。テレビの前にあぐらをかいて、ほとんど動かなかった。

タマゴンはおろか、おかあさんもウーチカも、ほんとうのおとうさんには近づかないようにしていた。近づくと、なにをされるか知れない、獰猛な雰囲気がほんとうのおとうさんから漂っていた。わけても目がすごかった。

とくにおかあさんを睨みつける目がすごかった。凶暴に光りながらも、かなしみをたたえているように、ウーチカには見えた。

ほんとうのおとうさんは、ただの一度もウーチカたちに暴力をふるわなかった。おかあさんとけんかもしなかった。ただ不機嫌そうにお酒を飲んでいただけだった。たまに、むせび泣くことはあった。夜中、おトイレに起きたウーチカは、そんなほんとうのおとうさんに、声をかけたことがあった。おいおい泣く背中があんまりあわれだったからだ。

「大丈夫?」

と訊ねたら、ほんとうのおとうさんは、何度もうなずき、ウーチカに謝った。「甲甲斐性なしでごめんなぁ」「ごめんなぁ、ウーチカ」と、くどくどと繰り返した。ウーチカはほんとうのおとうさんの頭をなでてあげた。ほんとうのおとうさんは、ウーチカの薄い胸に顔をおしつけ、しばらくのあいだ、しゃくり上げていたのだが、やがて、あたたかな息を吐きながら、眠ってしまった。

おかあさん、ウーチカ、タマゴンの三人家族は、おかあさんが新しいおとうさんと結婚したので、四人家族になった。ウーチカにしてみれば、ほんとうのおとうさんも入れての五人家族になるはずだった。これからは、五人で暮らしていくんだと思っていた。

新しいマンションに引っ越してみたら、四人で暮らしている感じしか得られなかった。

ほんとうのおとうさんは、もう、どこにもいなかった。

ほんとうのおとうさんだけ、引っ越しそびれたのかもしれない。あるいは、前のアパートを動きたくなかったのかもしれない。テレビの後ろの三角形の隙間から離れたくなかったのだろう。あの大きな鉤の下の。

ウーチカは新しいおとうさんのことは、好きでも嫌いでもなかった。どちらかというと、ちょっと嫌いだった。でも、親子になった以上、仲よくしたかった。

おかあさんはもちろんのこと、タマゴンも、ほんとうのおとうさんより、新しいおとうさんのほうが好きそうだった。ウーチカひとりが新しいおとうさんを嫌っているという状況は、なんだかつらい。

ウーチカが新しいおとうさんを好きにならないと、おかあさんの立つ瀬がないような気がする。おかあさんは、新しいおとうさんと、しあわせな生活を送りたいのだ。

大人になって、お笑い芸人になるまでの辛抱だ、とウーチカは思っていた。少なくとも、自分ひとりの力で生きていけるようになるまでは、新しいおとうさんの世話にならなければならない。だったら、うん、やっぱり仲よくなったほうがいい。

そんなことを考えていたら、ドアホンチャイムが鳴った。

おかあさんと、新しいおとうさんの話し声が聞こえた。お通夜から帰ってきたのだ。

ウーチカは椅子から立ち上がった。同時に、そいつがラップを破って飛び出した。

ウーチカはドアに目を向けていたので、気づかなかった。ぴちゃぴちゃと水滴を飛び散らかしながら弾み、机を下り、椅子を下り、床に下り、ウーチカのあとを追っているのにも気づかなかった。

おかあさんと新しいおとうさんに「お帰りなさい」を言うために、ウーチカは部屋のドアに向かって歩を進めた。タマゴンの世話が焼けたことも報告しようと思っていた。

ウーチカが歩いていたのはフローリングの床だった。部屋のドアまでは十歩もかからない距離だった。なのに、なかなかドアまで辿り着かなかった。ひらたい床を歩いているはずなのに、階段を下りていく感覚があった。どんどん、どんどん、下りていく。辺りがどんどん暗くなる。真っ暗闇になった、と思ったら、足先が浮いた。つまさきで探ってみたが、踏み板が見つけられない。空を掻くばかりのつまさきが湿ってくる。湿り気が這い上がってくる。ウーチカは汗をかいた。自分の呼吸の音だけが聞こえた。いつまでこうしているのだろう、いつまでもこうしているのだろうか、とそればかり考えていたら、首筋にべちゃりとなにかが当たった。

ウーチカはおかあさんと、新しいおとうさんに「お帰り」を言えなかった。明日のリコーダーのテストも受けられなかった。お笑い芸人にも、なれなかった。

カワラケ

ほっぺたに手をあてた。だいぶ硬くなっていた。もはや皮膚とは思われなかった。お茶碗みたいだ。それもつるつるとしたものではなく、ざりざりとした手触りの。音もそうだ。指ではじいてみたのだが、ひどく鈍い音がした。

「これがカワラケってやつなんだな」

藍玉(らんぎょく)はうなずき、

「もうすぐかな?」

と首をかしげた。その顔を電球が照らした。素焼きのお面をつけているように見える。目と、鼻と、口に相当するところにちいさな穴があいているきりの、少女の顔にぴったりと張り付いたお面である。

「うん、きっと、もうすぐだ」

藍玉は張り切った声を出そうとした。でもあんまりうまくいかなかった。顔の皮膚がカワラケになっているので、ほんの少ししか口が開かないのだ。

気を取り直して、壁にくっつけていた背中を起こし、男の子っぽくあぐらをかいた。思いついてうつぶせになり、お菓子の載ったお盆まで匍匐前進した。さして距離はなかった。お布団の上を七回か八回、肘を使って這っていったら、ドアの近くに置いてあったお盆に手が届いた。ポテトチップスの袋を掴み、横向きになる。袋を破き、手を入れる。寝転んだまま食べるつもりだ。お行儀がわるい、と眉をひそめるおかあさんはいなかった。

ここには藍玉しかいないのだった。

つまり、やりたい放題の状況なのだが、やっぱり口が思うように開かなかった。ポテトチップス一枚、そのまま食べられない。割って、ちびちび口に入れるしかない。ばりばりと噛み砕けないポテチなんてポテチじゃない。

袋をお盆に戻し、藍玉はお布団の上で大の字になった。長い髪は広げていた。電球を見上げる。黒いとんがり帽子みたいな笠だが、内側は乳白色だった。みかん色の灯りが笠の内側にたまっていた。その灯りがまっすぐ藍玉の顔に落ちている。じっくりとあたためて、カワラケの成長を促進しているにちがいない。

目は開けていたが、視界は狭かった。鼻からも口からも息がしづらい。なにより、カワラケによる圧迫感がこたえた。皮膚がちょっと変化しただけなのに、押さえつけられているようだ。というより、重い。ひとことで言うと、邪魔くさい。胸のうちでつぶやいた。

（だけど、もうすぐ、ここを出られる。修学旅行にも行ける）

藍玉は小学六年生。一週間後の修学旅行をとても愉（たの）しみにしている。

2

十日前の夜、藍玉は「おほーばの家」に移された。

翌日から学校に行っていない。塾もスイミングも休んでいる。

「おほーばの家」にいるあいだは、だれとも会っちゃいけないからだ。口をきいてもいけないらしい。そう、おかあさんに聞かされた。「おほーばの家」に移る夜のことだった。

「ほんの二週間くらいよ」

おかあさんは鼻歌まじりで荷造りをしていた。ピンク色のボストンバッグに藍玉の着替えを入れていた。

ボストンバッグは修学旅行用に買ったものだった。ポリエステル製だから軽くて、肩にかけられるようベルトもついている。ポケットや仕切りもたくさんあった。その上、色は薄ぅいピンク。パイピングは白。真っ白。デパートで見つけたとき、藍玉は「これしかない!」と思った。「汚れが目立つんじゃない?」と首をひねったおかあさんに、一生のお願いと手を合わせ、買ってもらったのだった。

自室でベッドに腰かけていた藍玉は、ボストンバッグと、おかあさんの手を見ていた。

下着とソックス、長袖Tシャツと半袖Tシャツ、ショートパンツとカーゴパンツ、パジャマなどは、きちんとたたみ、それぞれ紐付きの布袋に入っていた。それらを、おかあさんは、白くて薄い手で、すいすいとボストンバッグに詰めていった。

藍玉の目は、おかあさんの手から胸もと、そして横顔へと這い上がった。床に腰を下ろし、愉しげに荷造りするおかあさんの横顔もまた、白くて薄かった。

色が白いのも、後頭部にふくらみがないのも、井垣家の女性の特徴だった。作業をしているおかあさんは、口をゆるく開けていた。下唇のほうが少し出ていた。いわゆる受け口である。これも井垣家の女性の特徴のひとつだった。

「なあに?」

藍玉の視線に気づき、おかあさんが手を止め、目を上げた。切れ長だけど、黒目の大きな、きれいな瞳。顔もからだつきもほっそりとしていて、よくしなる、やわらかな枝を連想させた。よくしなる、やわらかな枝に、きよらかな白い花が咲いているようである。

「ううん、なんでも」

藍玉はなんだか恥ずかしくなって、かぶりを振った。

「大丈夫よ」

心配しなくていいの、とおかあさんは膝に手を置き、藍玉にからだを向けた。

「みんな、そうしているんだから」

とゆっくりと言い、

「そうなっているんだから」

と言い直したあと、

「おかあさんも、おばあちゃんも、おばあちゃんのおかあさんも、そのおかあさんもみんな」

と藍玉に笑いかけた。

「みんな、そのときがくるまで『おほーばの家』におこもりしたの？」

藍玉が訊ねると、深くうなずいた。

「あそこは昔から『おほーばの家』と言われているの？」

重ねて訊ねたら、おかあさんは「もちろん」と伸び上がるように背筋を伸ばした。

「ずっとずっと昔から、あそこは『おばあさんの家』、つまり『おほーばの家』と言われていたのよ」

藍玉は驚いた。「おほーばの家」が「おばあさんの家」という意味だと初めて知った。

「何度か建て替えはしたみたいだけど」

おかあさんは肩をすくめ、窓を指さした。窓にはカーテンがかかっていた。カーテンをよけたとしても、真っ暗でなにも見えない。でも、おかあさんの指のさしめす方向に目をやると、「おほーばの家」がぼうっと浮かんで見えた。

藍玉の部屋は二階にある。窓からは庭をながめられた。大きな、大きな庭である。藍玉の通う小学校のグラウンドくらいの広さだった。大小の円や四角の花壇があり、ひとの通る道や車の出入りする道がつくられていた。その向こうに、離れがあった。桜の大木に守られて、ひっそりと建っていた。

朱色の三角屋根の上に、もうひとつ、ちいさな三角屋根をのせた「お家」だった。上部の三角屋根にささやかな明かり取りがついているほか、窓はなかった。壁は黒。ドアも黒。ドアは、下のほうが四角く切り取られ、フラップ板がはまっている。猫の出入り口のようなものである。

「おほーばの家」のずっとずっと昔のすがたを、藍玉は知らない。ものごころついたときから、「おほーばの家」は朱色の三角屋根と黒い壁の建物だった。

「いまの『おほーばの家』はね、あたしが建て替えたの」

おかあさんが言った。視線は窓にあてたままだった。

「藍玉が生まれてすぐのころ」

と藍玉に顔を向けた。藍玉は身構えた。おかあさんに、ほっそりとした白くてきれいな顔をどうぞと差し出されたような気がした。

「お腹の赤ちゃんが女の子だって分かったときに、この子のために『おほーばの家』を新しくしよう、って思ったの」

それまでは、もう、掘建て小屋みたいな酷い代物だったから……、とおかあさんは独り言を言った。「畳は擦り切れてるし、雨漏りはするし、じめじめしてるし」とぶつぶつつぶやき、唇をきゅっと結んだ。悔しそうな、さみしそうな顔を一瞬見せたのち、ふっ、と肩の力を抜いた。お腹に手をあて、さも、そこに赤ちゃんがいるように撫で回しながら、

「名前は藍玉にしよう、って決めたときよ。そのとき、おかあさんは『おほーばの家』を一新しようと思ったのでした」

と、やさしい目で藍玉を見た。藍玉はくすぐったいきもちになり、掛け布団の上に横に倒れた。とっても嬉しかったのだ。すぐに起き上がり、照れくさそうに言った。

「おかあさんが翠玉で、わたしが藍玉って、なんかいいよね」

いつからなのかは不明だが――おかあさんが言うには「ずっとずっと前から」らしい――、井垣家の女性は皆、宝石の名前をつけることになっていた。翠玉はエメラルドで、藍玉はアクアマリンである。

藍玉は、自分の名前の意味は気に入っているが、音のひびきはそんなに好きではなかった。友だちには「マリン」と呼んでもらおうとしているが、「ランちゃん」という呼び名が定着しているせいで、なかなか浸透していない。

「あたしも友だちからは『スイちゃん』って呼ばれてる」

おかあさんはベッドに近づき、そこに腕をのせた。「こどものときは、いやだったわ。やっぱり、変わった名前だもの」と言い、目を細めた。おかあさんは藍玉の足もとにいた。ベッドに寄りかかり、掛け布団の上に肘をつき、かたむけた頭を手でささえていた。

「おばあちゃんはルリだったんだよね？」

藍玉は急いで訊いた。くすぐったいきもちがつづいていた。みょうにきまりが悪かった。その夜のおかあさんは、おかあさんというより、友だちみたいだった。学校の友だちとも、塾やスイミングの友だちともちがう、年の離れた友だちのようだった。

「そうよ。おばあちゃんの妹はハリ。おばあちゃんのおかあさんはコハク」

ルリはラピスラズリ、ハリは水晶である。

「ああ、それと」

おかあさんが、どこを見ているのか分からないようなうつろな目つきになった。声も上の空のように聞こえた。

「おかあさんの妹は蒼玉。サファイア」

蒼玉おばさんは、おかあさんより四歳下だった。生まれたときにはもう息をしていなかったらしい。ルリおばあちゃんも、そのとき亡くなった。

「それでハリおばあちゃんが、おかあさんのおかあさんになったんだね」

藍玉はおかあさんのうなじに声をかけた。おかあさんは口をつぐみ、頭を垂れていた。肩に届くか届かないかの長さの髪がうなじで割れていた。おかあさんはうなじも白かった。二の腕の内側よりも白く、いっそ頭皮のように青白かった。

「そうよ。だって、そういうことになってたから」

ずっとずっと昔から、とおかあさんは小声で言った。

ルリおばあちゃんが亡くなって、ハリおばあちゃんが後妻に入ったのだった。姉の夫の後添えに妹がおさまったというわけだった。が、井垣家の場合、この言い方は正確ではない。

代々女系の井垣家では、長女が婿を取るならわしだった。長女が実質の家長だった。長女が若くして逝ったら、次女が跡を継ぐ。

もしも長女に娘がなかったら、やもめを追い出し、次女が婿を取るのだが、ルリおばあちゃんには娘がいた。翠玉である。井垣家の跡取りである。だがまだ幼かった。井垣家のならわしを母から教わっていなかった。そこでハリおばあちゃんが、まだ幼かった年子の姉妹を連れて婚家を出、実家に戻ってくることになった。翠玉の母親になったのだった。

ハリおばあちゃんが連れてきた姉妹の名前も宝石の和名だった。真珠と珊瑚という。藍玉からは従叔母にあたる。

ふたりの従叔母も、このまちで暮らしていた。ふたりとも嫁いだので苗字が変わった。旧家の一族として、まちの名士の妻となり、それぞれ娘をふたりずつもうけた。もちろん、それぞれのふたりの娘の名前も宝石の和名だった。

藍玉は井垣家の女性たちの名を口にするたび、また、耳にするたび、夜空に宝石箱をぶちまけた絵がまぶたの裏に広がった。ほっそりとした、白くきれいな顔の女性たちが、とりどりの色をまとい、煌めいている。

「……『おほーばの家』を建て替えたときはさんざん文句を言われたけど」

おかあさんはうつむいたまま、くすくす笑った。いとこであり、妹である、真珠と珊瑚の話をするとき、おかあさんはいつも、くすくす笑う。

「『井垣家の歴史を大事にしなきゃ』ってね。『ちょっと、あなた、勝手なことしないでくれる？』とか。『そもそも、あなた、娘をひとりしか産んでないじゃないの』って。『なにかあったらどうするつもり？』、『まあ、おかげさまで、あたしたちには娘がいるから、なにがあっても井垣家を存続させることはできるわよ』、『だからといって、ひとりきりしか産まないのはどうかと思うわけ』、『翠玉ったら、跡継ぎとしての責任感が希薄なんだわ』って、もう、いちいち……」

おかあさんは歳の離れた友だちに「ねえ、ちょっと聞いてよ」というふうに、藍玉に愚痴をこぼし始めた。

「ハリおばあちゃんの法事のことだって」

とうつむいたまま、つぶやいた。おかあさんの育ての親であるハリおばあちゃんは一昨年、亡くなった。

「口をひらけば、『もっとちゃんと！』とか『井垣家としては！』とか『恥ずかしくないものを！』って大騒ぎ」

はあ、とため息をつき、おかあさんは、顔を上げた。

「家を出たひとのほうが、『井垣家』にこだわるってふしぎじゃない？」

とかたちのよい鼻をこすって、少し笑った。

「……真珠おばさんや珊瑚おばさんも『おほーばの家』でおこもりしたの？」

藍玉はさりげなく話題を変えた。おかあさんからおばさんたちの悪口を聞くのが耐えられなくなった。

同年代の友だちとなら、その場にいない、だれかの悪口はときどき言い合う。うしろめたさはあるけれど、なかなか愉しい。目と目を見交わすと、どの友だちも、意地悪で、下品な顔つきをしていて、ほんのちょっといやなきもちになるのだが、止められない。友だち同士の連帯感も強まる。

でも、おかあさんと悪口を言い合うのは、たぶん、愉しくない。藍玉はおかあさんの語る悪口の聞き役だったが、それでもお尻の座りはよくなかった。本心がポロリとこぼれたような悪口ならまだいい。おかあさんは、友だち同士が語らうように、藍玉におばさんたちの悪口を仕掛けてきた。それはちょっと……、というのが藍玉のきもちだった。そういうの、なんか、ちょっと困る。うまく言えないけど、まだ、ちょっと、早いような気がする。

「そうよ」

あのふたりも「おほーばの家」におこもりしたの、とおかあさんは髪を掻き分け、襟足をさすり、

「あそこの娘たちも、じき、おこもりにやってくるはずよ」

と言った。

3

むくりと起き上がり、お布団に座り、電球ひとつの灯りの下、藍玉は六畳間を見渡した。

「おほーばの家」はフローリングだった。木肌の色をしている。羽目板も、梁があらわになった天井も、だいたい同じような色だった。

真ん中にお布団が敷いてあって、かたわらに、お膳があった。丸くて、すべすべとした材質の黒いローテーブルである。そこで藍玉はごはんを食べる。たまに勉強をしたり、いたずら書きをしたりする。教科書やノートも持ってきていた。

ごはんは、日に三度、おかあさんが運んでくれた。ドアの、猫の出入り口のようなところから、お盆を差し出してくれる。おやつも持ってきてくれた。空いた食器や、食べ終わったおやつの袋は、お盆にのせて、猫の出入り口のようなところに置いておく。そうすると、おかあさんが片付けてくれる。

本来は、おやつなどもってのほかだったらしい。ごはんのおかずも、お魚やお肉は禁じられていたようなのだが、おかあさんは「そういうの、あたし、嫌いなのよね」と言って、無視している。

でも、テレビやラジオ、パソコンなど、外部とつながりが持てるものは御法度だった。飲み物も水だけだった。ひとかかえもある、古い、大きな甕のなかに、ペットボトルに入ったミネラルウォーターがどっさり入っていた。ずっとずっと昔は水が入っていたそうだ。おこもりをしている女性たちは、ひしゃくですくって飲んだそうである。

お風呂はないが、おトイレはあった。水で流せる、普通のおトイレだ。おかあさんが建て替えるまでは、汲み取り式だったという。便器はなく、床に張った板を四角くくり抜いただけのものだったらしい。

エアコンをつけたのも、おかあさんの決断だった。藍玉がおこもりしているのは九月の末だから、冷房も暖房も必要ない。でも、もしも真夏や真冬におこもりしなければならなくなったら、と考えると、おかあさんはよい決断をしたと思う。エアコンも窓もない六畳間で真夏や真冬をすごすなんて、想像しただけでぞっとする。

ここで十日を過ごしたが、室内気温だけでいうなら快適だった。いや、心地いいのは室温だけというべきか。

最初は気分が浮き立っていた。少々の不安はあったものの、初めての体験に、胸が高鳴った。薄暗い夜もめずらしかった。バースディケーキのろうそくの灯りだけになったリビングを思い出した。

学校にも、塾にも、スイミングにも行かなくてよいのもよかった。みっつとも、藍玉は、大嫌いではないけれど、大好きでもなかった。

好き嫌いではなく、そのみっつは、藍玉にとり、「絶対、行かなくちゃいけないところ」であり、「絶対、ずる休みをしちゃいけないところ」だった。厚い雲におおわれた空みたいな、なんとはなしの重苦しさをいつも感じていた。

学校や塾やスイミングの重苦しさからは解き放たれたが、二日も経たずに、べつの重苦しさが藍玉にのしかかってきた。

そのときがくるまで、ここを出られない、ということ。

圧倒的な退屈。

さみしさ、あるいは心細さ。

そして、いくらどんなにきもちを奮い立たせても不安が募った。

明かり取りから差し込む日差しで、朝がきたと知った。ノートに正の字をつけていた。「おほーばの家」で過ごす一日は、とても長い。そのくせ、三度の食事が運ばれると、「え、もう？」と思う。

もっとも時間の長さを感じるのは、お夕飯を食べてから、朝ごはんを食べるまでだった。

藍玉の生活リズムは乱れていた。だんだん就寝時間が遅くなり、いまでは昼夜が逆転している。朝ごはんを食べてからうとうとし出し、お昼ごはんをすませたらまたうとうと、という具合だった。お夕飯を食べるころ、ようやっと目が冴える。

ひまつぶしに教科書を読んだり、算数の問題を解いてみたりしたが、すぐに飽きた。童心にかえり、でんぐり返しなぞもしてみたが、面白くなかった。

修学旅行のこともよく考えた。班はもう決まっていた。調べものに参加できないことが悔やまれたが、仲よしの友だちが口を揃えた「気にすることないよ」という言葉を信じることにしている。

「カワラケがきちゃったから、しばらく学校に行けない」

仲よしの友だちには、そう告げていた。学校を休む前日の放課後、下校途中に。

「ああ、そうなんだ」

仲よしの友だちは、わりにあっさりとうなずいた。みんな、なんとなくではあるのだが、「井垣家の女性たちのカワラケ」のことは知っていた。

「たいへんだね」

「うん、たいへんだ」

「でも仕方ないよね」

そう言いながら、黒目だけを動かして、藍玉の顔をちろりちろりと盗み見た。

「……まだよく分かんないね」

ひとりがついそう口にしたのを皮切りに、次々と質問された。

「ねね、ほんとうにカッチカチになるの？」

「顔だけ？　耳は？　首は？」

「無理にひきはがそうとしたら、おばけみたいになるってほんと？」

藍玉は、えへへ、と笑ってやり過ごそうとしたのだが、仲よしの友だちが教えてくれないなんて水くさい、というふうな表情をしたので、「くわしいことは、今晩、おかあさんに教えてもらうことになってるんだ」と答えた。

4

藍玉がカワラケに気づいたのは、「おほーばの家」に移る二、三日前だった。お風呂上がり、顔にクリームをつけていたら、皮膚に強張り(こわば)を感じた。透明なセメダインを塗り、それが乾いたようだった。

あ、来たな、と直感した。カワラケのことは、うっすらとだが聞かされていた。遠からぬうち、自分にカワラケの時期がくることも藍玉は知っていた。

お正月や雛(ひな)祭りにあそびにきた真珠おばさんや珊瑚おばさんは「藍玉もそろそろカワラケがくる年頃じゃない？」と言っていたし、おかあさんからも「顔がへんにつっぱる感じがしたら、すぐに教えてね」と言われていた。

「へんにつっぱる感じってどんな感じ？」

そのとき、藍玉はそう訊ねた。

「へんにつっぱる感じは、へんにつっぱる感じよ。そうなれば、分かるわよ。あ、来たな、って」

と、おかあさんが答えた。うっとうしいものを見るような目で藍玉を見た。おかあさんはカワラケが憎いのかな、と藍玉は思った。さらに思った。それともわたしが憎いのかな。もうすぐカワラケが始まるわたしを遠ざけたいのかな。また、さらに思った。それともカワラケというものを遠ざけたいのかな。

藍玉の脳裏に朱色の三角屋根と黒い壁の建物がよぎった。おかあさんの声も聞こえた。「おほーばの家」に近づくことを禁じる声だった。

「まだ近寄ってはいけません」

おかあさんは新鮮なお肉のような舌で唇をちょっと舐め、そこをてらてらと光らせた。とりすました表情をこしらえてから、

「時期がくるまでお待ちなさいな」

と、にいっと笑った。経験豊富な先輩がなんにも知らない後輩をからかい、いたぶるふうだった。藍玉のなかで、「おほーばの家」にこもることへの期待と、おかあさ

んとの連帯感が強まった。時期がきたら、おかあさんと仲間になる。井垣家の女性になれる。

「顔がへんにつっぱる感じ」がしたことを、おかあさんに報告しようと藍玉はリビングに行った。おかあさんはおとうさんとテレビを観ていた。ソファにならんで座り、笑い声を立てていた。そのたび、おかあさんの肩は、おとうさんの肩にぶつかった。しなだれかかったりもした。

おとうさんの仕事は、井垣家の資産を管理することだ。おかあさんとは大学時代からの付き合いで、いったん役所に勤めたが、婿入りを機に退職したのだった。おとなしくて、おだやかで、いいひとだと評判である。藍玉もそう思う。おとうさんはおとなしくて、おだやかで、すごくいいひとだ。ただし、威厳はない。おかあさんのことも藍玉のこともお姫さまのように扱う。

かしずく、という言葉を藍玉は知らなかったが、おとうさんのようすはそんなふうだった。だからこそ、真珠おばさん、珊瑚おばさんからも気に入られている。もちろん、おかあさんも気に入っている。「井垣家史上最高の婿殿」とたまに言う。

おかあさんのおとうさんは、浮気者だったのだそうだ。やはり、井垣家の資産管理をしていたが、ときどきお金をちょろまかして、よその女のひとに使っていたらしい。それでも縁を切らなかったのは、ひとえに顔立ちの美しさだったようだ。

おかあさんのおとうさんは、井垣家の女性たちを男性にしたような顔をしていた。からだつきもほっそりとしていた。娘をもうけ、用済みになってからも、おかあさんのおとうさんが井垣家にとどまれたのは、井垣家の女性たちの美の特徴を濃くした功績によるものだ、と、これは真珠おばさんと珊瑚おばさんのひそひそ話で藍玉が得た情報である。

なるほど、と藍玉はひそかにうなずいた。

おとうさんが「井垣家史上最高の婿殿」なのは、まじめで、気立てがよいことに加え、容姿が井垣家好みだからなのだな、と、そのようなことを思った。さらに思った。井垣家の女性は、自分たちの美しさがとても大切なのだな。自分たちの美しさを守っていきたいのだな。また、さらに思った。世界でもっとも美しい、と信じているのだな。

「あら」

藍玉の視線に気づき、おかあさんが振り向いた。おとうさんにしなだれかかっていたからだをゆっくりと起こし、「どうしたの？」と訊ねた。訊ねたときには、藍玉の用件が分かったようだった。藍玉を北の和室に連れていき、ふすまを閉め、灯りをつけた。藍玉は北の和室に初めて入った。旅館みたいな部屋だった。床の間があり、掛け軸がかかってあり、飾り棚が置いてあった。

おかあさんは、突っ立っている藍玉の肩に手を置き、座らせた。自分も座った。向き合って、藍玉の顔をよく見た。白くて薄い手で、ひたりひたりと藍玉の頬をさわった。

「来たみたいね」

そう言うと、長い息を吐いた。

「三日もすれば、硬直が始まるわ」とつぶやき、「色もつき始める」と付け足した。

藍玉の頬を手のひらや手の甲を使って撫でながら、つづけた。

「最初は象牙色。だんだんと濃くなって、赤茶色になるの。厚さも硬さも重みも増して、目は見えづらくなるし、呼吸もしづらくなるし、ものも食べにくくなるけど、我慢してね。そのうち、ひびが入るから。そしたら、早いから。だからといって、自分ではがしちゃだめよ。カサブタでもそうでしょう？　無理やりはがすと、血が出て、ジュクジュクして、あとが残るでしょう？　ひとりでに割れるまでじっと待つこと。割れるまで、だれとも会わないこと。口もきかないこと」

おかあさんは藍玉の頬から手を離した。

藍玉は、名残惜しかった。

頬にふれられたときは、おかあさんの手があんまり冷たくてぞっとした。でも、カワラケの話をするうち、じょじょにあたたかくなった。おかあさんの目つきも、あたたかく、やさしくなった。藍玉の手をひき、北の和室に連れていったときの、全身から発していた、黒い雨雲みたいな疎ましさも、あとかたもなく消えていた。

「カワラケが終わったら、もっときれいになれるわよ」

井垣家の女は、みんなそうなの、とおかあさんは白い花が揺れるように微笑した。煌めいて見えた。おかあさんの顔は、奥のほうから、輝きを放っていた。長い年月をかけて、磨きをかけ、大切に育て、守った、貴重な輝きである。井垣家の女性だけの輝きである。

藍玉は胸を打たれた。井垣家の女性は美しい。

5

藍玉が「おほーばの家」に移されて、十一日目。

カワラケにひびが入った。

藍玉はおかあさんに教えたかった。でも、だれとも口をきいてはいけない決まりだから、できない。

そこで、おかあさんが食事を運んできてくれるのを待ち構えることにした。いつもは、だいたいうとうとしていて、気づくと、ドアの前にお盆が置いてあった。

声はかけられないけれど、藍玉の言いたいことは、きっと、おかあさんに伝わるはず。そう思った。カワラケが始まってから、藍玉は、おかあさんと特別な友情を結んだような気がしてならなかった。

最初は、おかあさんの「歳の離れた友だち」みたいな接し方にめんくらった。けれども、「おほーばの家」でひとりきりで過ごすうち、しみじみとした嬉しさが水位を上げていったのだった。同じ井垣家の女性として、おかあさんは、わたしを守ってくれる。

カワラケが来て、初めて、藍玉はおかあさんと女同士のつながりを持てたのだった。気を張っていないと、きょうがなん日だったのか、いまなん時なのか不明になり、いつまでこうしていればいいのかも分からず、自分のカワラケの状態が正常なものかどうかも心配で、その上、お腹が鈍く痛み、気怠(けだる)かった。そんな不安や不調をいっと き払いのけてくれたのが、おかあさんとの女同士の友情だった。

フラップ板が開き、お盆が覗いた。おかあさんの白い手も覗いた。白い手が、お盆を、ゆっくりとこちら側に滑らせる。藍玉はそのお盆を受け取った。白い手は驚いたようだった。少しだけ浮かせ、指を揃えて、それをそらせた。おかあさんの指はよくしなる。

藍玉は伝わった、と信じた。おかあさんの煌めく微笑が見えるようだった。

十二日目、十三日目、そうして十四日目のお昼ごはんのときまで、藍玉は、おかあさんと無言でコミュニケーションをとった。カワラケに入ったひびは、みるみる深くなっていった。「おほーばの家」には鏡がないので、藍玉は目で見てたしかめることはできない。けれども、ふれただけで、亀裂が深く太くなっているのは分かった。顔も火照ってきた。痛いような、かゆいような、焼けるような感じがする。

（おかあさん、あともう少しで終わるよ）

（よくがんばったわね）

（そんなでもないよ）

（ううん、藍玉はよくがんばりました。でも、最後まで気を抜かないで。むずがゆいかもしれないけれど、決して自分ではがしちゃいけませんよ）

（うん）

そんな会話が口をつぐんだまま交わされた。そう藍玉は信じた。

そして、「そのとき」がきた。十四日目のお昼ごはんを食べたあと、お夕飯の前だった。

お腹に鈍い痛みを感じた藍玉はおトイレに入った。鈍い痛みの波はこれまで幾度もあったが、そのときがもっとも大きかった。お腹をさすりながら、小用を足した。でもすっきりしなかった。なぜかお腹の下のほうに力を入れたくてならなくなり、そうしてみた。

　すると、ぬるりと、なにかが出た。液体のようだけれど、おしっこではないと分かった。便座から立ち上がり、なかを覗いてたしかめようとしたら、ぱかっ、と音がした。すごく近くで聞こえた、と思ったら、ばらばらとカワラケがはがれた。赤茶色の破片が、赤黒い色に染まった水に落ちていく。水を含んで、赤黒く染まり、見る間にふやけた。

　初潮が来たと、藍玉はすぐに気づいた。学校で教わっていた。ひとまず、トイレットペーパーを折り畳み、対処した。そうしているうちに、カワラケは赤黒い水にすっかり溶けていた。

　顔に残ったカワラケのかすを払い落としながら、部屋に戻り、藍玉はピンク色のボストンバッグに教科書やノートを詰め込んだ。持ち上げ、さあ、出ていこう、としたとき、フラップ板が開いた。お盆が覗く。白い手も覗く。おかあさんがお夕飯を運んできてくれたのだ。

　藍玉は勇んで、ドアを開けた。

「おかあさん」

　明るい声を出した。かがんでいたおかあさんがまず目を上げた。それから顔を上げ、ようやく立ち上がった。

「おかあさん」

藍玉は、恥ずかしそうに、嬉しそうに、誇らしげに、おかあさんに自分の顔をよく見せた。

「おかあさん」

三度呼びかけたが、おかあさんは面倒げに首をかしげただけだった。「ああ、そう」とだけ、言った。

あたしたちは無敵

I

月曜の下校途中だった。リリアは四叉路で友だちと別れたばかり。家までは遠くなかった。十分もまっすぐ歩けばマンションに着く。

リリアがひとりで歩く道には、両側に一戸建てがならんでいた。そのうちの一軒が建て替え中で、基礎工事をおこなっている。コンクリートで仕切った区画に、土を戻しているところである。

ショベルカーで掘り返された土は、ふだん目にする土よりもしっとりと黒かった。そのなかに、白くて、つやつやしいちいさなものが輝いていた。掘り返された土から、一部、覗いていたのだった。

乳歯だと思った。小石の可能性も捨てきれないが、きっと、乳歯。屋根の上に投げたか、床下に落としたものが、いつしか土に埋まり、それが掘り返されたのだと、リリアの頭のなかで想像がめぐった。

リリアにも覚えがあった。乳歯が抜けるたび、おじいちゃんの家まで行き、上に投げたり、床下に落としたりした。あの乳歯たちはあれからどうなったのだろう、と気にかかり、「乳歯の大ぼうけん」という短いお話を書いたことがある。そのお話はリリアも気に入ったし、両親にも誉められた。おかあさんなどは、捨ててしまった乳歯に思いをはせるような顔をして、「一本くらい記念に取っておけばよかったね」と言った。

リリア一家がそうであるように、この家のひとたちにとっても、こどもの乳歯は大切な思い出だろう。現物が残っていたら、貴重な記念品になるはずだ。そこでリリアは思いついた。いったん自分があずかっておき、折を見て返してあげよう。

その家のひとたちのことはよく知らなかった。学校の行き帰りに、おじいさんに近いおじさんを見かけたことがあるきりだった。不機嫌そうな顔つきのひとだったが、リリアが「思い出の乳歯」を届けたら、にっこり笑って受け取るにちがいない。

ただの白い小石だったとしても、いっこうにかまわなかった。それならそれで「あたしだけの宝物」になりそうだとの直感がリリアのもとに降りてきていた。だって、その白くてつやつやしいものは、あんなにちいさいのに、リリアの目に飛び込んできたんだもの。「リリア、わたしはあなたに見つけてもらいたいの」とささやくように、金色に光って……。つまり、出会ってしまったってこと。たぶん、運命。

　小学校六年生のリリアは、去年くらいから「運命」にあこがれを抱いていた。英語だとデスティニーと言うらしい。生まれたときから、ひとにはそれぞれ運命が定まっていて、決して抗(あらが)えないと聞いている。意識してもしなくても、逆らおうともがいても、ひとは結局、デスティニーどおりに生きてしまうようだ。運命、恐るべし。そして、なんて、神秘的。

　いま、こうしているあいだにも、いずれ出会うにちがいない未来の友人や恋人や伴侶が、どこかであそんだり、勉強したり、テレビを観たりしていると思うたび、リリアの胸はときめいた。天使の鳴らす教会の鐘の音が聞こえるようだった。

　そのときがくれば、かならず出会ってしまうのに、いまはまだ、そのひとのことをなんにも知らないなんて！　そうして、いつかかならずやってくる「そのとき」の自分がどこでどうしているのかも知らないなんて！　デスティニーで定められているというのに！　だからこそのデスティニーなんだけど！

　断っておくが、リリアは四六時中「運命」を念頭に置いているわけではない。リリアの胸に「運命」（デスティニーでもいいけど）がよぎるのは、なんらかの直感がはたらいたときだった。

　ふと目にしたり、耳に入ってきたりしたものにたいして、ロマンチックなあじわいの直感がはたらいたとき、リリアは「運命」を意識する。突拍子もないひらめきであればあるほど、何年後か何十年後、なぜそんな直感がはたらいたのかの答えを知ったときの愉しみが増す、と思う。ああ、そういうことだったのか、とストンと腑に落ちる未来の自分のすがたが目に浮かび、息をするのが苦しいくらい、わくわくするのだった。

しかし、突拍子もないひらめきなどというものは、そうそう降りてこないらしい。少なくともリリアは未体験だった。

掘り返された土から見つけた、白くてつやつやしいちいさなもの。宝物になりそうだ、との直感はロマンチックではあるのだが、いささか平凡だった。それくらい、リリアだって承知している。でも、直感は直感。未来での答え合わせのためにも、ぜひ、手に入れたい。

基礎工事中の現場に足を踏み入れた。無邪気なこどものふりをして、掘り返された土に近づく。猫車で土を運んでいる作業員に「危ないから入っちゃいけない」と注意されたが、「柔らかそうだから、ちょっとさわってみたくて」と言い、土をひとつかみしてから、手のひら全体で揉むようにし、パラパラと落とした。白くてつやつやしいちいさなものは、うまいこと手に残し、「ありがとうございました」と作業員に頭を下げ、その場を離れた。少し歩いて、立ち止まり、握っていた手をそうっとひらく。お米つぶみたいなかたちをしていた。それをふたまわりほど大きくした感じ。乳歯でも小石でもなさそうだ。

親指とひと差し指ではさみ、リリアはしげしげとながめた。

両の指に軽く力を入れてみた。硬い。なのに弾力もありそうだ。押し返されるような、かすかな手応えがある。なかになにかがいそうである。硬い殻（から）に守られて、じっとしているなにか。

ひとまず、カーゴパンツのポケットに入れた。家まではもうすぐだった。

お夕飯の時間になるまで、部屋のなかで、じっくりと観察した。いくらどんなにながめても、正体がつかめない。奇妙なことに、時折、光を放つのだった。呼吸のように、心臓の動きのように、ふわっと光るのだから、これはもう、謎の物体Xである。

「どうやら、ついに手に入れてしまったようね」

声優っぽい口調で自分にささやき、リリアは重々しくうなずいた。

まちがいなく、あたしだけの宝物だ。

これは胸のうちでつぶやいた。宝物になりそうだという直感は平凡だったが、見つけたモノの突拍子のなさがすごい。

肌身離さず持ち歩こうと決めた。こころここにあらずの状態でお夕飯を食べ、食後のひとときを上の空で家族と過ごし、部屋に戻って寝る前に、ふたたび部屋でじっと見つめているうちに降りてきた二度目の直感だった。

夜中に起きて、部屋を出た。おトイレに行き、キッチンで水を飲んでから、リビングに入った。リリア一家は3LDKのマンションに住んでいた。玄関を入ってすぐにリリアの部屋があり、隣が小三の弟の部屋だった。おトイレはその向かいで、両親の寝室はリビングの奥である。

物音を立てないよう注意して、リビングボードの引き出しから遺骨ペンダントを取り出した。遺骨ペンダントとは、お骨を入れて、故人をしのぶためのロケットペンダント。おじいちゃんが亡くなったとき、おかあさんが買った。でも、お坊さんがいい顔をしなかったので、身につけることを断念した。

部屋に戻り、机に向かい、銀色の細長い円柱形の入れ物に、謎の物体Xをおさめた。首にかけて、ベッドに入る。目が冴えて、眠れなかった。なにかが起こりそうな予感がした。運命がゆっくりと動き始めたような気がして、胸がいっぱいになった。

2

明くる日、火曜、早速、運命が動いた。

その日もリリアは、いつも一緒に下校している友だちと四叉路で別れた。リリアの通う小学校からのびているのは一本のくだり道で、十四、五分歩くと四叉路につきあたる。児童たちは、三つに分かれた道のどれかを使って家路につくのだった。リリアがひとりで歩くのは、まんなかの道である。ちょうど基礎工事がおこなわれているあたりで、後ろから声をかけられた。

「東城さん。ねえ、ちょっと、東城さん」

振り向くと、朝比奈さんだった。思っていたよりずっと近くに眼鏡をかけた顔があった。

「わっ、びっくりした」

リリアが驚いたのは、距離感だけでなかった。朝比奈清香さんとは同じクラスだったが、挨拶くらいしかしたことがない。というのも、朝比奈さんは一週間前に転校してきたばかりだったからだ。しかも帰国子女。二学期の始まりとともに、ロンドンの日本人学校からやってきたのである。

「名前、覚えてくれてたんだね」

リリアは朝比奈さんと向き合い、照れくさそうに鼻をこすった。朝比奈さんは背が高く、ほっそりしていて、黒ぶち眼鏡をかけた美形。シャープでクールな雰囲気をまとっている。ロンドン帰りということもあり、なんとなく気軽に話しかけづらい空気にもってきて、朝比奈さん自身、フレンドリーなタイプではないらしく、みずからクラスに溶け込むようなアクションは、いまのところ、起こしていなかった。

「知ったのはきょう」

朝比奈さんは腕を組んだ。背が高いので、リリアを見下ろす恰好になる。

「体育が終わったとき。着替えているのを見て、名前を調べた」

朝比奈さんの口調は淡々としていた。デニムをはいた細く長い脚を肩幅にひらいている。

「なっ、なんでまた、わざわざ？」

リリアが訊き返したら、「フッ」と音が立つように表情をゆるめた。組んでいた腕をほどき、黒ぶち眼鏡の中央をなか指で上げる。

「ペンダント」

答えを聞いて、リリアはTシャツ越しに遺骨ペンダントを握りしめた。「はっ」とした顔になっていたと思う。「なぜ、それを？」みたいな。すぐに、落ち着け、落ち着け、と自分自身に言い聞かせた。朝比奈さんが謎の物体Xに気づくわけがないではないか。

「たしかに、ネックレス、ミサンガなどの装飾品は学校で禁止されてるけど……」

でもこれはおじいちゃんの形見だから、とうつむき、話のすりかえを試みた。校則違反を指摘されたひとのふりだ。だが、

「ほんとに？」

と、朝比奈さんはちょっと背をかがめ、リリアの首もとを覗き込もうとした。

「ほんとのほんとに、おじいちゃんの形見？」

切れ長の目で、ちろちろと動くリリアの視線を追いかける。

「……ほんとのほんと」

Tシャツ越しに遺骨ペンダントを握りしめたまま、リリアは横を向いた。朝比奈さんの探るようなきついまなざしがつらい。

「ふうーん」

朝比奈さんはゆっくりと背筋を伸ばした。真んなか分けの長い黒髪を掻き上げ、

「勘違いだったかな」とひとりごちる。

「なにが？」

とリリア。おそるおそる視線を上げた。

「いや、まあ、単なる勘なんだけど」

勘というか、直感かな、と言い直した。顎に手をあて、考え込む素振りを見せる。

リリアは口を閉じたまま唾を飲み込んだ。朝比奈さんの目を見上げ、「それってどんな直感？」と訊ねようとしたら、朝比奈さんがデニムの後ろポケットに手を入れた。

「これ」

チャック付きの透明小袋をリリアの眼前に差し出す。中身は脱脂綿らしきもののよ

うだ。

「拾ったんだ、きのう。ここで」

　と朝比奈さんは基礎工事現場を顎でしゃくった。

「『めずらしいこともあるもんだ』って、働いてたおじさんが言ってた。『土をいじりたがったのは、きょう、あんたで三人目だよ』ってね」

　リリアに視線を戻し、小袋を振ってみせる。

「あたしもできれば、ペンダントに入れるとかしたかったんだ。持ってたはずなんだけど、どうしても見つからなくて」

　蚤の市で買ってもらったやつ、と朝比奈さんは手を引っ込め、小袋を見つめた。

「だから、着替えのときに東城さんのペンダントを見て、ぴんときたんだ。東城さんの言い方もなんかウラがありそうだったし」

　リリアは思い出した。

　体操服から私服に着替えたとき、ペンダントに気づいたのは朝比奈さんだけではなかった。ほかの女子からも「なにそれ?」と訊かれた。「なんでもないよ」と握りしめて隠したら、「彼とおそろい?」とか「えー、リリア付き合ってんの?」とか「だれ? だれ?」とか「いーなー」とひとしきり盛り上がったのだった。

　いちおう、リリアは「そんなんじゃないよ」と否定した。リリアを囲むみんなの目に「やっぱりね」と「言ってみただけ」と「なあんだ」が入り交じったので、つい、「もっと、もっと、いいものだよ」と意味ありげにほほえんでしまった。「なになに、教えて」という声が上がらなかったので――そう言われたら、「べつに……」とかなんとかごまかそうとリリアはこころづもりしていた――「ぜったい、秘密だけどね」としたり顔で付け加えた。

「……脱脂綿で保護しといたんだよね」

朝比奈さんのつぶやきが耳に入った。

「光るのが知れたら、めんどうでしょ？」

リリアに向かってうなずいた。リリアも深くうなずいた。神妙な顔つきだったが、唇をもぞもぞさせていたら、朝比奈さんが小袋を持ち替え、空いた右手をリリアに差し出した。リリアも咄嗟に右手を伸ばした。ふたりは固い握手をした。肘を曲げ、顎を上げ、朝比奈さんと目が合ったら、笑顔に変わった。

つないだ手と手を腕相撲をするときみたいに上にあげ、またうなずき合った。

「仲間」

朝比奈さんの言葉に、「うん、仲間」とリリアが応じていたら、道路の向かい側の家から関口さんが出てくるのが視界のすみに入った。道路を渡り、リリアたちに近づいてくる。

関口沙羅さんは隣のクラスだった。学年一男子にもてると評判である。茶色い癖毛をショートカットにしていて、肌も白いので、妖精のような印象をあたえる。

リリアたちのそばまできた関口さんは、鼻から息を吸った。フリル付きミニスカートのポケットから、ちいさな五角形の包み紙を出す。顔の横に掲げ、不敵な感じで微笑した。

「ここに、もうひとりいるんだけど」

お忘れなく、とやや芝居がかった物言いで、リリアと朝比奈さんを順に見る。

「よし、これでそろった」

朝比奈さんがリリアに言った。

「仲間だね」

とリリアが呼応。ふたりとも、関口さんを見たときから、三人目の仲間だと、すっかり分かっていた。

「そういうこと！」

関口さんの声も弾んでいた。二階の自分の部屋の窓からリリアたちのようすが見えたのだそうだ。すぐにピンときたらしい。リリアはTシャツから遺骨ペンダントを出して見せ、朝比奈さんも小袋を関口さんに見せた。

「あたしはおかあさんに教えてもらったお薬の包み方で包んだんだ」

うちのおかあさん、薬剤師なんだよね、と五角形の包み紙を手のひらにのせ、関口さんがつぶやく。

みんな、ひと知れず肌身離さず持ち歩こうとして工夫したんだな。リリアは胸が熱くなった。誇らしくもあった。あたしたちは選ばれた三人なんだ、という思いがからだじゅうをかけめぐる。朝比奈さんと関口さんを見てみると、ふたりともリリアと同じ思いでいることが伝わってきた。

三人は流れるように円陣を組んだ。朝比奈さん、リリア、関口さんの順で伸ばした右手を重ね合わせ、いったん押し込むようにしてから、いっせいにはね上げる。あまりにも息がぴったり合ったので、可笑(おか)しくてならなかった。お腹を抱えながら、「苦しい」「超苦しいんだけど」とひとしきり大笑いした。

3

関口さんの家で秘密会議をおこなうことにした。

関口さんの両親は共働きで、夜七時近くにならないと帰宅しないそうだ。中学生のおねえさんがいるらしいが、部活だの塾だのでいつも帰りが遅いのだという。

「だから、ふつうの日は、うちで秘密会議することにしない?」

カントリーマアムをつまみながら、関口さんが提案した。リリアと朝比奈さんはすぐにその提案を受け入れた。リリアの両親も共働きだったけれど弟がいるし、朝比奈さんはひとりっこだったけれどおかあさんは専業主婦だった。こころおきなく密談を重ねられる場所は関口さんの家しかない。

「じゃ、まず、みんなのアレを見くらべてみようか」

朝比奈さんが、長い脚でかいたあぐらの両膝をぽん、と打った。小袋から脱脂綿を出す。そうっとひらき、アレをよく見えるようにして、ミニテーブルに置いた。リリアもつづく。遺骨ペンダントから取り出し、ティッシュにのせた。もちろん、関口さんも、五角形の包みをひらく。

しばし、無言で見つめた。そのあいだに、めいめいの紅茶茶碗をミニテーブルから下ろした。最初に関口さんが菓子器を下ろしたので、皆、それに倣ったのだった。三人のアレだけが、ピンクの円形ミニテーブルにのっていた。どれも同じかたちをしていた。大きさも同じだった。

「あ」

三人はいっせいにちいさな声を上げた。

「見た？」「見た？　いまの」とあわただしく顔を見合わせる。

呼吸するように光ったアレの色が、みっつともちがっていたのだ。リリアが金色、朝比奈さんが空色、そして関口さんはきみどり色だった。

「どういうことかな……」

朝比奈さんが首をひねった。

「それぞれの役割がちがうんじゃない？　役目っていうか、使命っていうか」

リリアは小鼻をちょっとふくらませた。自分のアレが金色の光を放つことになんとも言えない優越感を覚えていた。空色やきみどり色より断然重要な役割をあたえられた気がする。学芸会の劇にたとえたら主役。アニメならば主人公。顔やスタイルや賢さで順番をつけたら、三人中三位のこのあたしがなぜ……と一瞬いぶかしんだが、「主人公」って案外そういうものだとすぐに納得した。

「うーん、使命っていうのはどうかな」

朝比奈さんが異を唱えた。

「もし使命があるとすれば、同じ場所で見つけたものなんだから、三人一緒なんじゃないかと」

と髪を耳にかけ、

「つまり、あたしたちはひとつの使命をあたえられた三人の使者だと思うんだよね」

と口もとに手を添えた。

「そうかも」

関口さんが同意した。

「光の色がちがうのは、役割っていうより、むしろ能力のちがいなんじゃない？」

なんか、そう考えるほうがそれっぽくない？　と大きな二重の目でリリアと朝比奈さんを交互に見た。

「能力か」

朝比奈さんが黒ぶち眼鏡の中央をなか指で持ち上げた。「なかなか説得力のある意見だ」と何度もうなずく。

リリアもうなずいた。両の二の腕を忙しくこすった。身震いがしてきたのだ。役割ではなく能力だとしても、金色の光を放つアレを割り当てられた自分がいちばんすごいはず。ああ、それは、いったい、どんな能力なんだろう。あたしに使いこなせるだろうか。

「能力だと仮定しても謎は残るな。いつどのようにして、その力があたしたちに宿るのか。その力を使うにはどうしたらいいのか」

朝比奈さんの発言にリリアが賛同した。声はまだ震えていた。

「そうだね。どんな能力かは使ってみて初めて分かると思う」

「あー、敵に襲われてピンチになったときとかに、自然に使えてしまってる、って感じ？」

関口さんに補足され、「うん、うん、そんな感じ」とリリアは答えた。「だとすると」と朝比奈さんがまたしても黒ぶち眼鏡の中央をなか指で持ち上げる。

「敵ってだれかな？」

この問いかけにリリアと関口さんは「あ」と口をおさえた。

問いを発した当の朝比奈さんも唇を噛みしめている。

三人ともアレを黙って見つめた。みっつのアレは呼吸するようにそれぞれの光を放っていた。金色、空色、きみどり色。ピンクと白で統一された関口さんの部屋にふわりと広がっては吸い込まれるように消え失せる。

ようすがちがってきた、というのがリリアの正直なきもちだった。まさか敵と闘うことになるなんて。だが、考えてみれば──リリアのよく知っている「ある日とつぜん使命と能力をあたえられた女の子が登場する物語」に照らし合わせてみれば──まちがいなく巨大な敵と闘う流れだった。

手強くて、しつこい敵だ。やっつけてもやっつけても、どこからともなく次々とすがたをあらわす。しかもだんだん強くなる。女の子たちは満身創痍で闘う。でないと街の平和は守れない。

いやいや、それはアニメの話。現実世界にモンスターがそうしょっちゅうあらわれるはずがない。しょっちゅうじゃなくても、ありえない。そんなニュース、見たことも聞いたこともない。もしも現実世界にあらわれるとしたら、それはたぶん連続殺人鬼や通り魔やテロリストに代表される凶悪で残忍な犯罪者だ。リリアにしてみれば、アニメに出てくるモンスターより恐ろしい敵だった。たとえ三人のなかでいちばんすごい能力を持っていたとしても、撃退できるとはとても思えない。

たまたま使命と能力をあたえられただけなのに、命をかけて闘わなければならないのは、正直言って、割に合わなかった。それほど大きな使命を小六女子に振るのはどうか、とどこぞのだれかに疑問を投げかけたくなる。いったいなぜ、どんな理由で、何者かは、ふつうの小学生にすぎないあたしに（あたしたちに）白羽の矢を立てたのか。

こっちはけっこう迷惑なんですけど、と少々憤慨したのち、気づいた。「ふつうの小六女子」だから、選ばれたのだ。リリアのよく知っている物語で、敵と闘う使命をあたえられるのは、基本的に「ふつうの女の子たち」だった。

いやいや、だから、それはアニメの話で……とリリアは頭のなかでスパイラル状に考えた。頭のかたすみでは血みどろになって息絶える自分のすがたが浮かんでいた。アニメで主人公は死なないが、現実世界では死ぬかもしれない。むしろその可能性のほうが高い。そう考えるほうが妥当だ。へんな言い方だが、アニメの主人公は死ななすぎる。

あたしが死んだら、おとうさんもおかあさんも泣く。弟も泣く。友だちも泣く。みんな、「なんでリリアが敵と闘わなきゃいけないの」と言うだろう。リリアもそう思う。

けれども、敵と闘って死ぬ自分のことを思うと、ほんのちょっとだけ、あまやかなきもちになった。正義のために命を落とす少女という設定には、ロマンチックなにおいがする。もし、それがあたしのデスティニーだとしたら、と考えると、ふうっと漏れたため息が蜜になる。

でも、死ぬのはやっぱりいやだった。そう思ったとき、リリアのなかに、死というものが立体的にあらわれた。自分が死ぬことへの単純な、しかし底知れぬ恐怖と、大切なだれかに死なれるかなしみが縒り合わさって太い縄になり、立ち上がり、うねったのだった。

胸に浮かんだのは茶太郎のすがただった。リリアの家の飼い犬である。おととし死んだ。十四歳だった。リリアより歳上で、だからおとうさんやおかあさんと同じように、気がついたらリリアのそばにいた。おんなじ時間をすごしているのに、家族のだれよりも早く歳をとった。だんだん毛が古びていき、薄くなり、色も抜けた。

死ぬ少し前には耳がよく聴こえなくなっていた。目も見えなくなり、鼻もきかないようだった。リビングの奥、開け放した両親の寝室の前にこしらえた寝床で苦しそうに息をしながら眠ったりうつらうつらしたりしていたが、たまにその場をグルグル回った。朝となく夜となく、ぞっとするほど大きな声で遠吠えするようになった。

茶太郎が息をしなくなったのは、おとうさんとおかあさんが安楽死を検討し、そんなことはとてもできないと決めた翌朝だったと、あとで聞いた。

あのときのかなしさをリリアは忘れられない。リリアの知りうるかぎりのかなしみが結晶になったかなしさだった。茶太郎がいなくなったということ。それがリリアの目に映る世界をむなしくした。きのうと同じ世界なのに茶太郎だけがいなかった。茶太郎がいなくなっただけで、世界はあっけなく変わった。

去年の冬、おじいちゃんが亡くなった。おじいちゃんとの付き合いは、だから、茶太郎よりも長い。家が近かったので、しょっちゅうあそびに行っていた。おじいちゃんはいつも「えへへ」と笑っているようなひとで、リリアは大好きだった。入院してからもしばしばお見舞いに行った。そのたび、リリアは茶太郎がいなくなっていく過程を思い出した。おじいちゃんが少しずつ、あちらに近づいていっているように見えた。

なのに、おじいちゃんがいなくなったときに感じた世界のむなしさは茶太郎ほどではなかった。絞り出すようなかなしさはあったが、そのころ覚えた運命という言葉を使えば、胸の痛みがやわらいだ。そういうことになっている、と思えた。

おじいちゃんの死は、リリアのなかで茶太郎ほど大きくなかった。そのことが、いっとき、リリアを嘆かせた。いくら運命という言葉を使っておじいちゃんの死を解釈しようとしても、自分が冷淡な者だと思えてならなかった。おじいちゃんよりも茶太郎の死をかなしんだことに、罪悪感があった。こころぼそさにもおそわれた。陰でこっそり変わり者と呼ばれる種類の人間になったようで、さみしかった。打破すべく、おじいちゃんの死をかなしもうとしたけれど、できなかった。

リリアにとって、死は茶太郎だった。単純な、しかし底知れぬ恐怖も、遺(のこ)された者のかなしみも、茶太郎の死が象徴する。死を思うとき、茶太郎を思う。

死ぬのは、ぜったいいやだ、とリリアがふたたびこころで強く思ったとき、関口さんが口をひらいた。

「飲んじゃわない？」

「飲む？　これを」

朝比奈さんがアレを指差す。「うん」と関口さんがうなずく。生真面目な表情だった。

「お薬みたいに飲んじゃうの。でもこれはお薬じゃないし、第一とっても硬いから、消化されない。三日も経てば排泄されると思う」

うんち、と関口さんは唇を動かし、「そのなかに入って、出てくるはず」と肩をすくめてから、つづけた。

「三日間だけ敵と闘う覚悟でいるってどうかな？　三日間ならいけるんじゃないかな」

「なるほど」

朝比奈さんが頬に手をあてがった。

「三日間のうちに敵があらわれなかったら、それぞれにあたえられた能力も使えずじまい。つまり、どんな能力をあたえられたのか謎のままになり、同時に使命をはたせないんだから、街のひとびとのリスクは上がるけど、あたしたちが命を落とすリスクはかなり引き下げられるね」

この言葉を聞き、朝比奈さんも自分と同じきもちだったんだ、とリリアは知った。

「飲む」という提案をした関口さんの心情も同じだろう。

「そうだね。使命をはたせないのは、せっかくそれをあたしたちにあたえてくれた運命にたいする裏切りかもしれないけど、仕方ないよね」

リリアが深刻そうに言うと、「だれだって命は惜しいよ」と朝比奈さんがリリアの肩をたたいた。「たとえ、悪を倒すためだとしても、あたしたちが死ぬのは親への裏切りだよ。親より先に亡くなるのは最大の親不孝だし」としんみりとつづけ、「それに」と声を張った。

「あたしたちは三日間は敵と闘うって覚悟を決めたんだ。……もうそれでいいんじゃないかな。充分、使命をはたすことになると思う」

「……うん」

リリアと関口さんが同時に応じた。そして三人はそれぞれのアレに手を伸ばし、「せーの」とかけ声をかけ、紅茶で流し込んだのだった。

4

いつなんどき、敵が襲ってくるかもしれない、という緊張感。それはどんな敵なのだろう、どれほど強いのだろう、という不安。加えて、あたしたちにあたえられた能力はどんなだろう、という期待。さらに加えて、死への恐怖と使命を帯びたものだけが持つ高揚感。

それらの感情が三人のなかで混じり合った。いずれも漠然としたものだった。だからこそ、三人は責め立てられるような感覚を覚えた。ときに、ひどく苦しかった。だが、痺(しび)れるような快感に酔うこともあった。むしろそのほうが多かった。こころのなかでかき混ぜられた感情がケミストリーを起こし、新種のドーパミンがうまれたのではないか、とは朝比奈さんの解釈である。リリアと関口さんは、すぐさまその解釈を支持した。

　アレを飲んでからというもの、三人ともからだがポカポカとあたたかかった。なにもしていなくても汗が滲み出て、はえぎわが濡れた。

　この状態を、三人は「ヒート」と呼ぶことにした。朝比奈さんの命名である。ちなみにアレは「ミルクトゥース」。これも発案は英語の堪能な朝比奈さんだったが、もとになったのは、リリアの「最初見たとき、乳歯だと思った」という発言だった。略称は「ミルクT」。最初の秘密会議のときに三人が飲んだ紅茶にちなんだ。

　おのおのの決め台詞も定めようとしたのだが、これはなかなかはかどらなかった。

「かがやく光の天使！　リリアゴールド！」

「すみわたる青い空！　清香ブルー！」

「こもれびの誘惑！　沙羅グリーン！」

　ひとまずこう決め、つづいてアクションを考えようとしたのだが、肝心のそれぞれの能力がまだ不明だったので、保留とした。いずれも水曜におこなわれた第二回の秘密会議での決定事項である。

　ミルクTを飲んで一日経っていたが、ヒートよりほかの現象は、三人に起こっていなかった。敵らしきもののすがたも見えない。

　そこで、いつ敵に攻撃されてもいいように、学校でもなるべく三人でいるか、自分以外のふたりのようすを気にするようにしよう、と約束し合った。

この約束は三人で話し合い、「金色の誓い」と名づけられた。正式名称は「MTPの金色の誓い」だ。MTPとはミルクTパーティの略で、三人の総称である。空色の誓い、きみどり色の誓いも順次定める予定だった。

リリアは少しがっかりしていた。ほっとしてもいたけれど、がっかりの分量のほうが多かった。リリアたちに残された時間はたった三日だ。どうせ敵と闘わなければならないのなら、早いに越したことはない。

朝比奈さんと関口さんも、おんなじきもちだと知れた。だが、なぜか、だからこそ、気分がいっそう上がった。こころが勇み立つのだった。「あたしたちに恐れをなしたのね。口ほどにもない」と敵を挑発したくなる。

けれども、ふたりと別れて家に戻ると、リリアのきもちは静かになった。

お風呂に入り、鏡にお腹を映し、「ほんとにこのなかにミルクTが入っているのかな」とふとあやしんだりした。だって、ちっとも光らない。ミルクTの放つ光はそんなに強くはなかったけれど、不思議なパワーがあるのなら、内臓や皮膚を通して、うっすら光ってもいいはずだ。

もしかしたら、飲んだことでパワーが消滅したのかも。

ヒートを起こすだけでせいいっぱいなのかも。

だとしたら、もったいないことをした。またとないチャンスを逃したのかもしれない。以前創作した「乳歯の大ぼうけん」以上の、いや、あれとはくらべものにならないくらいの、ほんとうの冒険ができたかもしれないのに。命をかけた大冒険を経験できたかもしれないのに。

白くて、つやつやしいちいさなものが目に飛び込んできたことへの答え合わせが、遠い未来を待つことなく、あっけなく決着がつきそうだ、というのもリリアは少しく不満だった。しかもその答えは思っていたより中途半端なものになりそうなのだ。

ちいさな不満はまだあった。朝比奈さんがMTPの中心人物になっていた。ナンバー2の地位を獲得しているのは関口さんだ。関口さんの思いつきや考えを朝比奈さんが吟味し、まとめ、決定事項となるシステムがほとんど確立していた。

第一回の秘密会議のときは、紅茶にコーヒーフレッシュを添えて出した関口さんに朝比奈さんが「え、ミルクじゃないんだ」と驚き、ロイヤルミルクティの淹れ方をとうとうと説明しだし、関口さんがうんざりした表情を見せたひと幕があったが、いまや、ふたりは互いを認め合い、リーダーとナンバー2として、MTPを引っ張っている。

学校でも、ふたりのキャラは立っていた。朝比奈さんは美形で孤高の優等生キャラ（おまけに帰国子女）として、関口さんはお茶目で天真爛漫なアイドルキャラとして、皆に認められている。見方によっては、リリアも同じだ。容姿、学力、個性、どれをとっても「特徴のないひと」として生きている。学校では仕方ないかもしれないが、MTPでは主役のはずだ。なのに、ぱっとしない。主役ならではの活躍ができていない。朝比奈さんと関口さんに、おいしいところを持っていかれっぱなしの状態である。

お風呂から出て、リリアはかぶりをふった。

それもまたあたしの運命かもしれない。

三人のなかでいちばんふつうのあたしが巻き込まれたドラマチックなデスティニー。この経験を通して、成長していくあたしに、いずれ、みんな（視聴者）の共感があつまることになるだろう。お話は始まったばかりだ、とみずから気を引き立てた。

5

翌木曜の放課後も、三人は関口さんの家に集まった。第三回秘密会議である。ミルクTを飲んでから二日目だった。

この日、朝比奈さんと関口さんから重要な報告があった。

カントリーマアムをひと口かじり、三人組の名にちなみ、秘密会議公式飲料としたミルクティをおごそかにひと口飲んだあと、朝比奈さんが口火を切ったのだった。

「分かったよ、あたしの能力」

湧き上がる興奮をけんめいにおさえているというふうの、やや強張った表情だった。

「やだ、あたしも！」

関口さんがはちきれそうな笑顔で応じた。ふたりは顔を見合わせた。にらめっこをするように少しのあいだ見つめ合ったのち、げらげらと笑い出した。

リリアは蚊帳（かや）の外だった。付き合いで笑っていた。こころのなかでは、「やっぱりそうか」と思っていた。関口さんの能力が判明したのは驚きだったが、朝比奈さんにかんしては、察しがついていた。

三時間目の算数の授業中、斜め前の席の朝比奈さんがぱっとリリアのほうを振り向いたのだ。目も、鼻の穴も、口も、みんなひらいていた。「呆然」と「驚愕（きょうがく）」が入り交じった表情だった。

「MTPの金色の誓い」により、リリアは朝比奈さんからなるべく目を離さないようにしていた。クラスで浮き気味だった朝比奈さんを、自分たちの仲よしグループに入れるべく、友だちにそれとなく持ちかけたのだが、あまりよい反応を得られなかったので、そうするしかなかった。

朝比奈さんもリリアを見ているようだった。一日に何度も目が合い、そのたび、うなずき合っていた。けれども、三時間目の授業以降、リリアを見る朝比奈さんの目つきがあきらかに変わった。目が合うごとに、朝比奈さんの視線に力強さがこもっていった。瞳の輝きも増した。活力にあふれ、燃えているようだった。

「透視能力なんだよね」

呼吸をととのえてから、朝比奈さんが告げた。ゆっくりと腕を組む。

「三時間目の途中、黒板の向こう側が透けて見えたんだ」

朝比奈さんはリリアを見た。ほら、あのとき、というように。リリアはかじりかけのカントリーマアムを唇にあてたまま、浅くうなずいた。

「そこであたしはおもに昼休みに、いろいろ試してみた」

朝比奈さんが言うには、校舎の壁越しに校庭であそんでいるひとたちも見えたし、二宮尊徳像越しにも人物が見えたし、土に埋められていたカエルの死骸も発見したそうである。

木材、鉄筋コンクリート、石、土。それらすべてを朝比奈さんは透視できるようだ。ただし、かばんの中身は透視できなかったとのこと。

「どうもあたしの透視能力は生き物限定みたいなんだ。生き物なら、おそらく、どんな障害があっても透視できる」

人間の場合、見え方は洋服を着たままの状態らしい。すっぱだかを見られるわけではないんだ、とリリアは少し安心した。朝比奈さんの話を聞くうち、さりげなく胸を隠すようにしていた手をはずす。

「あたしはね、念力」

　関口さんが勢い込んだ。頰が紅潮していた。ヒートによるほてりだけではないのはひと目で分かった。一気に話し出す。

「二時間目の国語の漢字テストのとき、うっかり消しゴムを落としちゃったの。拾おうとしたら、消しゴムのほうから浮き上がってきて、机に乗ったの」

　だれかに見られたんじゃないかとハラハラしちゃった、と関口さんは両手で胸をおさえた。

「で、あたしも朝比奈さんみたいに学校でちょっとだけ試してみた。本格的に試したのは家に帰ってから。タンスを持ち上げたり、動かしたりしてみたあと、庭に行って、石灯籠（いしどうろう）に挑戦したの」

「動いた？」

　と朝比奈さん。

「もちろん」

　と、これは関口さん。

「けっこう、ちょろかった」

　舌をぺろっと出し、

「おとうさんが帰ってきたら、夜にでも車でやってみようと思ってるんだ」

と忙しくうなずく。からだ全体で速いリズムをとっているようなうなずき方だった。

「たぶん、動くね」

朝比奈さんが言い、

「動くし、浮くね」

なんなら回転も、と関口さんはVサインをした。でもね。

「あたし自身は動かせないみたいなの」

どんなにがんばっても浮き上がらないんだ、と視線を落とした。「じゃあ、他人は？」と朝比奈さんが訊ねた。「それはまだ……」という関口さんの答えを受け、「じゃあ、いま、試してみるってのはどうかな」と朝比奈さんが提案した。

「やってみる」

関口さんは朝比奈さんを見つめ、頬をちょっとだけふくらました。お腹にも力を込めているようだった。一、二秒で、頬をもとに戻し、お腹に込めていた力をゆるめ、それを幾度か繰り返した。

「……だめみたい」

あーあ、と後方に手をつき、天井をあおぐ関口さんに、朝比奈さんが声をかけた。

「きっと、生き物は動かせないんだよ」

なるほど、なるほど、と顎に手をあて、仔細ありげにつぶやく。

「現段階で判明したのは、あたしたちのそれぞれの能力には制限があるってことだ」

つまり、と朝比奈さんは顎にあてていた手を下ろし、腕組みをした。

「助け合わなければ敵を倒せない」

これはたぶん、といったん目を閉じ、ゆっくり開けつつ顎を上げ、

「あたしたちに能力をあたえた何者かからのメッセージなんじゃないかな。おまえたちは助け合って敵を倒せ、という」

と静かに言った。関口さんが大きくうなずく。もう後方に手をついていなかった。顔つきも引き締まっている。朝比奈さんがつづける。

「あたしが隠れている敵を見つけ、関口さんが大きな岩かなにかを敵に落とすかぶっつけるんだよ」

これで一丁上がりだ、と朝比奈さんは低く笑った。関口さんも満足げに口もとをゆるめる。汗ばんだひたいを光らせ、「となると、決め台詞も変えたほうが……」と朝比奈さんを見てからリリアに目を移し、「あ」という顔で口をつぐんだ。

「……なんかごめん」

リリアはうなだれた。

「もしかしたら、あたしにはなんの能力もないかもしれない」

かじりかけのカントリーマアムを持ったまま、両手で顔をおおった。涙が出てきた。金色の光を放つミルクTを拾ったのだから、三人のなかでいちばんすごい能力を持つのだと、主役なのだと傲り高ぶったきのうまでの自分を消し去りたい。

「まだ分からないよ」

朝比奈さんが語気を強めた。

「そうだよ、まだ分からない」

関口さんも真剣な声を出す。

「分かるよ！」

リリアも大きな声を発した。ほとんど怒鳴っていた。

「飲み込んで排泄されるまで三日かかるって関口さんは言ってたけど、ネットで調べたら二、三日って書いてあった。もし二日間しかお腹にいないとしたら、能力を発揮できるのはきょうまでじゃん。それに、あたし、毎日、大が出るし。きっともう排泄されちゃったんだよ。あたしの能力は日の目を見ないうちに、トイレに流れちゃったんだ」

リリアはしゃくりあげていた。顔が真っ赤になっているのが分かった。汗と涙でぐしょ濡れだった。

「ヒートは？　まだある？」

朝比奈さんの声は冷静だった。

「……あると思う」

か細い声でリリアが答える。それにかぶせて朝比奈さんが、

「じゃあ、可能性はある。ミルクTはまだ排泄されていない」

と落ち着いた声で告げた。かすかにうなずくリリア。

「ていうか、試してみた？」

向かいに座る関口さんの声が近くで聞こえた。リリアに顔を近づけたようだ。

「『んっ』って、一瞬、ちょっと、お腹の下のほうに力を入れるんだよ。お腹のなかの、おしっこが出そうなところらへん。そしたら、『あ、いま、発動する』っていう感じがするから」

とアドバイスする。「あたしは『んっ』じゃなくて、『ふんっ』と『ハッ』の中間くらいの言い方にしてる」と朝比奈さんが割って入り、関口さんが「そっか、そのほうが発動するぞっていう雰囲気出るね」と答えるという会話を経て、「……やってみる」とリリアがつぶやいた。

顔を上げ、髪の毛の乱れを直し、関口さんに言われたとおりにこころみる。それを繰り返した。朝比奈さんと関口さんは、「がんばって」という表情でリリアを見守っていた。ふたりの顔は「あきらめないで！　もう一回！」とも言っていた。だから、

った。
リリアは、何度も、何度も、お腹の下のほうに力を入れた。だが、なにも起こらなか

「……やっぱりだめだよ」

決定だ。あたしにはなんの能力もないんだ、とリリアは目を伏せた。すごく耐えて
いる感じがする。屈辱とか、悔しさとか、朝比奈さんと関口さんにたいしての申し訳
なさに。役立たずと自分をののしりたかった。応援にこたえられなくてごめん。ひと
りだけ無能でごめん。学校にいるときと同じく特徴のない子でごめん。

「まだ決まったわけじゃない」

朝比奈さんが言った。

「そうだよ、時間はまだある」

関口さんもリリアをなぐさめた。少し間を置き、

「……もしも、うん、あくまでも『もしも』なんだけど、東城さんに能力がなくても、
そういうひとが敵を倒す三人のなかにいるって、逆に新鮮だと思う」

と付言した。

「なるほど。むしろ、そのことにより、あたしたちの友情が深まるってわけだ」

朝比奈さんがあたたかな声で応じた。

「それこそが、あたしたちに送られた真のメッセージなのかもしれないな」

　ひょっとしたらひょっとして、敵など実は存在せず、あたしと関口さんの能力も付け足しのようなもので、大事なのは、あたしたちがこうして出会い、友だちになることなのかもしれない、と考え考えしながら言った。ひとつ息を吐き、

「ミルクTも、それによってもたらされる能力も、すべてはあたしたちの友情を育てるためのきっかけにすぎなかったんだ」

　と結論めいたことを口にした。

「そう考えると、あたしと朝比奈さんの能力が二、三日で消えるようになっているのも納得できる……」

　関口さんは頬杖をついていた。言い終えて、下唇を軽く噛んだ。

「そうだね。ミルクTは体内に入れないと効果があらわれないからね」

　朝比奈さんはあぐらをかいた足首を両手でつかんでいた。穏やかな笑みを浮かべ、からだを揺すっている。

「MTPの空色の誓いは、ほんとうの友だちになろう、でいいかな?」

　とだれにともなく訊いた。関口さんがうなずき、少し遅れてリリアがうなずいた。リリアの頬を濡らしていたのは、新しい涙だった。

　そうか、そういうことだったんだ。ミルクTを拾ったことについての答えが出るまでにはとても長く時間がかかりそうだという直感を、頭のすみで思い出した。ほんと

ろう。
うの友だちになったそのとき、あたしたちは、いったい、どこでなにをしているんだ
「乾杯しようか！」
関口さんが張り切った声を出した。にこやかに紅茶茶碗を持ち上げようとしたその
とき、からだを揺すっていた朝比奈さんの膝がミニテーブルに当たった。関口さんが
紅茶茶碗を落とす。ガチャッと音を立てて紅茶茶碗が割れ、ミルクティが床にこぼれ
た。「わるい」と朝比奈さんが箱からティッシュを抜き取って関口さんに近づこうと
した。「ううん、大丈夫」と関口さんは割れた紅茶茶碗のかけらを拾い上げようと手
を伸ばした。
「痛っ」
声が上がった。関口さんの声だ。指を切ったらしい。ひと差し指から真っ赤な血が
流れている。その赤い血が「どうしたの？」とミニテーブルに手をつき、上半身を立
たせたリリアの目に入った。と、リリアのお腹の下のほうに力が入った。からだのな
かのそのあたりが熱くなり、その熱さが風となって全身を吹き荒れ、髪の毛が逆立つ
ような感覚を覚えた。
「え？」
え？　え？　と関口さんがひと差し指を見つめて繰り返す。

「ちょっ、いま」

とリリアの顔を見た。リリアは口をぽかんと開けていた。鼻の穴も、目も、くりぬかれたように開いているような気がする。

「……たぶん、それ、あたし」

と関口さんのひと差し指を顎で指す。血が止まり、傷痕もついていない、関口さんのひと差し指を。

6

「あなたを癒す金色の光！　リリアゴールド！」

「まるっと見透かす空色の光！　清香ブルー！」

「無重力にさせちゃうぞ♡　沙羅グリーン！」

話し合いのすえ、三人の決め台詞が更新された。

そしてMTPのきみどり色の誓いは、「あたしたちは無敵」に決まった。清香ブルーが敵を見つけ、沙羅グリーンがやっつけ、もしも仲間が傷を負ったら、リリアゴールドが治す。これが無敵じゃなくてなんだろう。

それぞれの能力には制限があるようだから、リリアの治癒能力は怪我限定だろう、と朝比奈さんが言っていた。リリアもたぶんそうだと思う。怪我を治せるだけで満足だというきもちがあった。このうえ病気まで治せたら、あまりの能力の高さにわがことながら空恐ろしくなる。

ただでさえ、リリアに割り振られた能力は神の領域に近いものだった。これぞ主人公という尊さ、気高さを持っていた。金色の光にくらべたら、空色の光やきみどり色の光は言っちゃ悪いがよくある超能力である。

アニメとして考えてみると、戦闘場面でのリリアゴールドの出番はたぶん少ない。だが、リリアゴールドが活躍するのは、絶対、かならず、終盤のクライマックス。ここぞというところでたっぷりと時間を使い、金色の光を放つはずだ。傷が癒え、復活したふたりが敵にトドメを刺すシーンはすごく短くて、すぐに「ふつうの女の子」である三人の日常生活のシーンに換わるにちがいない。

清香ブルーと沙羅グリーンにからかわれるか、おいてけぼりにされ、「ちょっとちょっとそれどういうこと？」とプウッと頬をふくらませたり、「あーん、待ってよー」と慌てて追いかける自分のすがたがリリアの胸をよぎった。そのすがたにはドジっ子キャラの気味があった。三人のなかで最後に能力が判明したことといい、判明する前にあきらめて泣いてしまったことといい、リリアは自分が愛すべきドジっ子キャラの資質を持っていたと気づいた。

第三回の秘密会議を終え、家路につくころ、ひとつの疑問が生まれた。

自分自身の怪我は治せるのだろうか。

そう思ったらきもちが急いた。帰宅し、自室で机に向かう。引き出しからコンパスを出した。左手でこぶしをつくり、息を吸い込んでから、親指とひと差し指のあいだにコンパスの針を刺そうとした。でも、勇気が出なくて失敗した。そんなことでどうする、と自分を叱咤激励し、あれこれ考え、お裁縫セットから待ち針を取り出した。

こぶしをつくった左手に待ち針を刺してみる。チクッとしたけれど、そんなに痛くなかった。赤い血が線香花火の火玉のように――あれよりうんとちいさいけれど――ふくらんだのを確認し、「あなたを癒す金色の光！　リリアゴールド！」とつぶやき、お腹に力を入れ、能力を解放してみた。

血は消えなかった。ティッシュで拭き取り、虫眼鏡で傷口を点検してみたのだが、残ったままのようである。

やっぱり、そうか……。

リリアはうなだれ、唇を嚙んだ。

あたしは他人の怪我しか癒せないんだ。

もしもあたしが重傷を負ったら、あとは死を待つのみ、とつづけて思い、洟をすすり上げた。

「なにをいまさら。それは最初から分かっていたこと」

と声色を使い、うっすらと笑う。

あたしの能力はだれかを救うためだけにあるんだ。あたしは清香ブルーや沙羅グリーンを救えるが、ふたりはあたしを救えない。あたしを救えるひとはこの世にいない。

だからこそ、そう、だからこそ、尊く、気高い。リリアのなかで自分にあたえられた使命の崇高さが嵩上げされ、ピカピカと輝いた。とろみのついた金色のお湯のなかでうっとりと目を閉じるような気分だった。

けれども、その気分は長くつづかなかった。お夕飯の時間になり、家族そろって食卓を囲んだら、使命の重さに気づかされた。

「……それでさ、ぼくがね、ユッチに『ズルしたじゃん』って言ったんだよ、そしたらユッチが『え、なにが？』ってとぼけて」

弟は、ごはんを口に入れたまま、昼休みにサッカーであそんでいたときに起こった悶着――卑怯な「ユッチ」に敢然と立ち向かった武勇伝のようなもの――を興奮さめやらぬ、という口吻で話していた。

おとうさんは「うん、うん」とうなずきながら箸をすすめていた。おとうさんはいつもこうだ。聞き役に回ることが多い。ただし表情は折々変わる。話し手の言葉に応じて、うれしそうにしたり、愉しそうにしたり、かなしそうにしたり、つらそうにしたりする。

「ごはん食べながらおしゃべりするのはやめなさい」

おかあさんは、いちおう注意はしたけれど、弟の話をよく聞いていた。卑怯な「ユッチ」に腹を立て、勇を鼓して抗議した息子をあっぱれ、と誉めているようだったが、なるべくそれを隠し、大人として――おかあさんとして――話し終えた息子にどんな言葉をかけたらいいのか探しているふうに見えた。

「ズルを見抜かれたユッチが仕返ししようとしたら、あたしが助けてあげる」

弟の話が終わり、リリアが言った。気がついたら、そんな言葉が口をついて出ていた。弟は「ユッチ」からの仕返しにおびえていた。「ユッチ」は大柄で暴れん坊な男子らしい。

「おとうさんも助けるぞ」

めずらしくおとうさんも口をひらいた。

「なにかあったら、すぐに言えよ」

と弟の目を見て言い、「いいな、約束だ」とうなずいた。

「ユッチ、強いからなあ。おとうさん負けちゃうかも」

弟は照れくさそうに身をよじった。

「暴力に訴えるんじゃなくて、おとうさんが言ったのは、先生に相談して話し合うってこと」

おかあさんが念のために言うと、おとうさんは「おれ、いざとなったらこどものけんかに出るタイプよ」と混ぜっ返した。弟はどうしていいのか分からない、というふうにタコのようにからだをくねらせ、うひゃうひゃ笑っていた。

「おとうさんのこともあたしが助ける」

リリアはうつむいて、つぶやいた。「もちろん、おかあさんも」とつづける。とてもちいさな声だったので、家族の耳には届かなかったようだった。

リリアは顔を上げた。右から時計回りに、おとうさん、おかあさん、弟と順に見た。よく知っている顔なのに、ちがって見えた。二度と会えないと思っていた、なつかしくて、大切なひとたちに出会ったようなこころもちだった。それはリリアではなく、リリアゴールドのきもちだと直感した。

リリアゴールドなら、清香ブルーや沙羅グリーンのようなリリアの友だちや、リリアの家族のような身内だけでなく、傷ついたすべてのひとをひとしくなつかしく、大切に思うだろう。救いたい、と願うだろう。その願いが金色の光になるのだ。

あなたを癒す金色の光！

なんとなくつくった決め台詞だったが、リリアゴールドの本質をついていた。リリアゴールドは、傷を負って苦しんでいるだれをも癒す。「だれをも」ではあるが、そのひとりひとりにたいして、「ほかのだれでもない」と思う。それがリリアゴールドの「あなた」なのだ。「あなた」はたったひとりのひとであり、同時に「みんな」でもある。

あなたを癒す金色の光！

リリアは胸を打たれた。からだの中身が入れ替わろうとしていた。まじりけのない清らかなものに満たされていく。それは、茶太郎をなくしたときにあふれた、かなしさの結晶によく似ていた。

あらためて自分に割り振られた能力と使命を思い、畏(おそ)れを抱いた。あたしは心(しん)からリリアゴールドになれるのだろうか。使命を果たせるだろうか。

どっちみちあと一日だけど、と頰がゆるんだのは、眠りに落ちる寸前だった。主役でいられるのもあと一日。思いのほか主役には気苦労が多い、と、そのようなことを考えながら、すうっと、どこかに連れて行かれるように寝入った。

7

金曜日。六時間目の授業中だった。書写の時間だったので、リリアは毛筆で「ふれあい」と書いていた。この授業が終わったら、放課後だ。第四回の秘密会議が待っている。

会議はこれからもつづくだろうけど、リリアたちが無敵でいられるのはこの日が最後。本音を言うと、名残惜しい。でも、能力が失われてからが本番だ、とリリアは思う。そこから、あたしたちが「ほんとうの友だち」になる道のりがスタートする。

きょうも敵はあらわれそうになかった。不穏な気配や予感もない。いまのところ、いつもと変わりなかった。時計の示す時間どおりに時間がすすんでいる。リリアは胸のうちでかすかに笑った。

「万が一ってことがあるから油断しないように」

朝比奈さんはリーダーっぽく落ち着き払ってそう言った。

「了解」

関口さんは口もとに魅力的な笑みをたたえ、敬礼の身振りをした。

「あ、あたしも了解」

リリアも敬礼した。朝、三人は学校の玄関で顔を合わせたのだった。朝比奈さんは空色のジッパー付きタートルカットソーにブルーのスキニーパンツを合わせていて、スタイルのよさを際立たせていた。関口さんは白い半袖Tシャツの下にミントグリーンの長袖Tシャツを着込み、グリーン系チェック柄のミニスカートをはいていた。

思いは同じ。ふたりを見たとき、リリアはそう思った。リリアだって自分のシンボルカラーの洋服を着たかった。でも金色の洋服など一枚も持っていなかった。仕方なく、一部黄色のパーカーと黄土色のペンギンパンツを身につけた。ばっちり決まっている朝比奈さん、関口さんとくらべたら、見劣りし、やっぱりドジっ子キャラなんだな、と苦笑した。

「なにかあったら、ただちに校門に集合」

いいね？　と朝比奈さんが声をひそめ、鋭い視線を関口さんとリリアに送った。

「オッケー」

関口さんが指でつくったOKサインを頰にあて、茶目っ気たっぷりに応じた。リリアも同じ身振りをした。そっくり同じでは芸がないので、両手でOKサインをつくり、両頰にあててみた。

「God bless us, everyone!」

三人でクスクス笑い合ったあと、朝比奈さんが本格的な発音でつぶやいた。意味は分からなかったが、関口さんもリリアも、たいへん恰好いいきもちになり、「イエー」とちいさくこぶしを上げた。

でも、敵なんて、きっと、あらわれない。

なんか、そんな気がする。

リリアは書道セットを片付ける準備をしながら、黒板の横にかかっている時計に目をやった。

長針が3に近づき短針と重なろうとしていた。あと少しで三時十五分。もうすぐ六時間目が終わる、と思ったと同時に、大きな揺れがきた。墨も、すずりも、文鎮も、筆巻に巻いた筆も、墨液も、みんな、床に落ちた。黒い墨が床をよごした。壁も、天井も、床も、リリアの目に映るものすべてが電波障害の起きた画面のように揺れた。電波障害とちがうのは、ただ見ているだけでなく、荒れる画面のそのなかに自分も入っている点だった。ものがきしみ、ぶつかり合う音がして、そこもちがった。とっさに立ち上がろうとしたが、できず、リリアは机にしがみついた。地震だ。それもすごく大きな。机の下に入れ、机の下に入れ、と先生がさけぶ。

机の下でからだをちいさくしながらリリアは震えていた。同じ言葉を何度も繰り返していた。

これだったのか。これが敵だったのか。

繰り返すたび、緊張が高まり、頬がこけていった。胸に穴が開くのではないかと思うほど心臓が強く打った。期待によるものでもない、喜びによるものでもない、大きなドキドキがからだのなかでこだまする。

これだったのか。これが敵だったのか。

揺れがおさまり、先生の指導のもと、生徒たちは校庭にいったん移動した。先生の顔は青ざめていた。必死そのものに見えたが、目だけはときどきインコみたいな無表情になった。無表情じゃないときは、血まなこでなにかを探そうとしているようだった。生徒たちの目には真剣なあてどなさとでもいうべきものが浮かんでいた。自分たちの身にふりかかったものの正体をうまくとらえることができず、けれども「渦中」にいることは正確に察せられたから、どうしていいのか分からないのだ。

校庭に整列したのは四年生以上だった。三年生以下はすでに下校していた。リリアは弟を思った。ひとりで家にいるはずだ。どんなにこころぼそいか知れない。保育所に通っていたときみたいにめそめそ泣いて、涙と鼻水で顔をよごしているかもしれない。

タンスやリビングボードや食器棚が倒れ、その下敷きになっていたら、ということも脳裏をかすめた。リリアのクラスにあったロッカーは倒れなかったが、我が家のタンスやリビングボードや食器棚はあっけなく倒れそうな気がする。家族の洋服の入った引き出しや、砕け散った花瓶(かびん)や陶器の人形やお皿やコップやそういうものがリリアの目に浮かんだ。

校舎の壁には気味の悪い亀裂が入っていた。リリア一家の住むマンションにも太い血管みたいな亀裂が入っていると思う。だったら、弟は、すぐに外に出ないといけない。マンションがくずれ、壊れる前に、早く、早く、そこを出ないと。逃げ出さないと。早く。

会社にいるおとうさんも、近所の酒屋でパートをしているおかあさんも心配だった。おとうさんの会社は隣町にあり、港のすぐそばだったし、ところせましと重たい瓶が並ぶ酒屋の建物はとても旧い。

リリアは墨で黒くなった指先を見つめた。その目を上に転じたら、空が広がっていた。ねずみの背なかみたいな灰色が、どこまでも、どこまでも、広がっていた。

視界のすみに人影が走った。朝比奈さんだった。先生の怒鳴り声を振り切り、校門に向かっている。リリアの目は関口さんのすがたもとらえた。グリーン系のチェックのミニスカートをひるがえし、一目散に走っている。リリアも迷わず駆け出した。あんまり足に力は入らなかったし、空中を泳ぐようなこころもとなさはあったけれど、けんめいに駆けた。あたしたちには使命がある。あたしたちにしかできないことがある。

「ほんとうの、本気の、本番だ」

校門を背にして、清香ブルーが言った。

両脇に立つリリアゴールドと沙羅グリーンが硬い表情でうなずく。ＭＴＰは校門にあつまっていた。三人とも、濡れたように光る黒目を動かし、自分以外のふたりの目を見ている。

清香ブルーが腕を伸ばし、前方を指差した。リリアゴールドと沙羅グリーンがそちらに目を移す。ゆるやかなくだり道がのびていた。十四、五分も歩けば、四つ叉の、見慣れた道だ。少し行った先から両側に民家が並び始める。その民家のいくつかが倒壊していた。どの家にも見覚えがあった。毎日通るので、自然と覚えてしまった。古紙回収日にいつもどっさり雑誌を出す家もあったし、押し手のついた足こぎ消防車と、三輪車と、補助輪付き自転車を玄関先に並べていた家もあった。くだり道のもっと先、そして三つに分かれたそれぞれの道から煙が上がっていた。あの黒い煙を上げている家々も、きっと、三人は知っている。たとえ知らなくても、一度くらいは見たことがある。

「Here we go!」

清香ブルーの号令で、三人はいっせいに走り出した。

くだり道を駆けながら、リリアは泣きそうになった。リリアはまず家族のようすを知りたかった。無事でいるかどうか、たしかめたかった。もしもなにかの下敷きになっていたら、朝比奈さんと関口さんの力を借りて救い出したい。怪我をしていたら、治してあげたい。

けれども、それは朝比奈さんも関口さんも同じこと。清香ブルーだから、沙羅グリーンだから、そしてリリアゴールドだから、自分たちの家族を特別あつかいすることはできない。

あたしたちは、助けをもとめるだれをも救う。「だれをも」ではあるが、そのひとりひとりにたいして、「ほかのだれでもない」と思う。それがあたしたちの「あなた」なのだ。「あなた」はたったひとりのひとであり、同時に「みんな」でもある。

「あなたを癒す金色の光！　リリアゴールド！」

リリアがさけんだ。からだの奥からほとばしったその声は、向かい風でちぎれた。

「まるっと見透かす空色の光！　清香ブルー！」

朝比奈さんも噴き出すようにさけんだ。

「無重力にさせちゃうぞ♡　沙羅グリーン！」

関口さんの声も涙と闘っていた。

「あたしたちは無敵！」

リリアがけもののように吠えたら、朝比奈さんと関口さんがつづいた。巨大な敵に噛み付くように口々に叫喚した。声を張り上げるたびに走る速度が増し、気力がみなぎった。

ひとつめの倒壊した家の前に着いた。

ひしゃげた屋根がリリアゴールドたちの目の高さにあった。屋根はドアやふすまやそういうものを嘔吐しているように見えた。上からガツンと殴られ、うずくまっているようにも見えた。後方に建て増しされた部分は無事だった。壊れたのは前のほうの、玄関のある、旧い部分だった。玄関の横にはベランダがあった。学校の行き帰りにリリアが見ていたのは、両脇に寄せられたクリーム色の地にえんじ色の花が散ったカーテンだった。リリアが通りかかると、まだちいさな茶色い柴犬が後ろ足で立ち上がり、部屋のなかからベランダのガラスをたたくような、引っ搔くような動きをした。柴の仔犬は笑ったような顔をしていた。コロコロと太っていて、やんちゃだけれど、気はよさそうだった。

気がつくと、清香ブルーが、ふんっとお腹に力を入れ、壊れた建物を見つめていた。

「……いる？」

沙羅グリーンがかすれた声で訊ねる。

「犬、だな」

犬だけだ、と清香ブルーが目を伏せた。手で口を覆う。眉根(まゆね)を寄せていた。つらそうだった。痛そうでもあった。

「息はしているようだ」

と言う声が震えている。

「ああ、犬」

沙羅グリーンが応じた。

「そう、犬」

清香ブルーがひとりごち、ふたりはひしゃげた屋根を見たまま、押し黙った。少しのあいだそうしていたが、「ん」とうなずき合い、そして駆け出そうとした。三軒先の反対側にも半壊した家があった。そこを目指すつもりのようだ。

「ちょっと待って」

リリアゴールドはふたりを呼び止めた。

「行っちゃうの？　犬、そのままにしていくの？」

振り向いたふたりにさらに言った。

「生きてるんでしょ。まだ息をしてるんでしょ。なのに置いてくの？　助けられるのに放っていくの？　それでいいの？」

「よくはないけど……」

清香ブルーは沙羅グリーンをちらと見た。

「よくはないけど、でも……」

ね？　と沙羅グリーンも清香ブルーに視線を送る。清香ブルーがかすかにうなずき、

「犬だし」

と、ようやく聞き取れるほどのちいさな声でつぶやいた。

「ほかに助けなきゃいけないひとがいるし」

と声を少し大きくした。

「うん、そのあとでいいと思う」

犬だし、と沙羅グリーンがうなだれた。

「おかしいよ、そんなの」

リリアゴールドは大声を出した。両腕をさかんに振り、足を踏み鳴らした。顔は真っ赤で、湯気が立っていそうだった。

「ぜったい、おかしいって」

悲鳴のような声を上げた。

「おんなじ生き物じゃん。まだ生きてる生き物じゃん。『犬だし』ってなに？　犬だからなんなの？　見捨てていいの？」

「見捨てるとは言ってない」

「あとにする、っていうだけ」

「同じだよ。あとにしたら間に合わなくなるかもしれないじゃん」

「間に合うかもしれない」

「犬のほうが人間より生命力強そうな気がするし」

「ていうか、まず急ぐべきは人命救助だ」

「そう、まずそれをすべき」

『べき』かもしれないけど！」

リリアゴールドはお腹の底から声を出した。驚くほど低く、力がこもった。

「その『べき』はけちくさい『べき』だ。あたしたちは、いま、あの犬を助けられるんだよ。それをしない『べき』なんてどこにもないよ。ただのけちん坊だよ。犬でもひとでも、いなくなったら世界が変わるんだ。すごくかなしいんだ」

リリアゴールドはパーカーのすそで涙をぬぐった。鼻水も、よだれもぬぐった。清香ブルーと沙羅グリーンの視線を感じた。その視線は協調性のないリリアゴールドを持て余していた。責めてもいた。少なくともリリアゴールドはそう受け取った。

ふだんのリリアならとても気にしていただろう。いや、その前に、顔、スタイル、賢さ、すべてにおいてリリアを上回る朝比奈さんと関口さんにここまで強く自分の意見を言えなかったにちがいない。

リリアは気づいていなかったかもしれないけれど、自分の意見を言っているうちに、リリアのなかで、ふだんのリリアとリリアゴールドが溶け合って、ひとつになっていた。リリアゴールドの胸には、デスティニーという言葉も、主人公という言葉もなかった。家族のすがたは頭のすみに遠景として存在していた。非情なほど純粋に、リリアゴールドは「あなた」を助けたいと思っていた。自分を見つめる清香ブルーと沙羅グリーンの視線が、ただ、かなしかった。

「……きもち、分かるよ」

「うん、分かる」

清香ブルーと沙羅グリーンの声が聞こえる。

「『分かる』んなら、なんで『犬だし』とか『べき』とか言うの？」

リリアゴールドのつぶやきは清香ブルーにさえぎられた。

「『犬だし』、『べき』だけど、リリアのきもちは分かる、と言っている」

リリアゴールドが目を上げると、清香ブルーはちょっと顔をかたむけ、おどけるように眉を上げてみせた。

「それに、けちくさいって言われたんじゃＭＴＰの沽券にかかわる」

「ほんと言うと、あとあじも悪いし」

と言う沙羅グリーンの背なかを「頼むよ」と押っつけた。

不意をつかれてよろけた沙羅グリーンが体勢を立て直し、ひしゃげた屋根に向かってお腹に力を入れる。屋根が持ち上がり、嘔吐するように吐き出されたものが浮かび、移動し、わきに積み上げられた。柴の仔犬があらわれる。舌を出し、ワタを抜かれたぬいぐるみみたいにぐったりと横たわっていた。茶色い毛は血で濡れていた。血は赤いのもどす黒いのもあった。

リリアは柴の仔犬に向かって、持てる能力を解放した。あわい金色の光が仔犬を包み込んだ。仔犬はこの世でたったいっぴきの、尊いものとして、かけがえのないものとして祝福されているようだった。見る間に血に濡れた毛がもとの茶色に戻っていく。まるい顔に生気が戻る。仔犬は、まだ巻いていない尻尾を振り、走るという行為をがむしゃらに遂行するような足取りで、リリアのもとに駆けてきた。息をはずませ、笑いながら。

リリアは仔犬を抱き上げ、頰擦りした。柴の仔犬の毛は成犬だった茶太郎より柔らかく、頭から日なたのにおいがした。

「どうもありがとう」

清香ブルーと沙羅グリーンにおじぎした。

「なんのなんの」

清香ブルーがリリアゴールドから視線を外し、冗談めかして答え、

「朝飯前すぎるし」

と沙羅グリーンは肩をすくめた。

倒壊しなかった、建て増ししたほうの建物は無人だった。柴の仔犬をここに置いて、迷子になってはいけないから、次の現場に連れていくことにした。仔犬も承知していたようで、地面に下ろすとリリアゴールドたちのあとをついてきた。

「ほんとは心配だったんだ」

走りながらリリアゴールドが言った。

「あたし、けさ、大をしちゃったから。もう能力が消えたんじゃないかと思って」

そうつづけたら、沙羅グリーンが、

「あたしも！　内心ヒヤヒヤしてた」

と胸をおさえてみせた。

「あたしもそうだな」

清香ブルーも話題に加わった。

「たぶん、排泄されてもしばらくは能力が宿ったままなんじゃないかと」

と付け足す。

「しばらくってどのくらいだと思う？」

沙羅グリーンが訊く。

「それは分からない。でも、だから急がないと」

清香ブルーが言い、スピードアップした。そのあとを追い、ふたりも速度を上げた。

柴の仔犬は三人の前を行ったり、後ろについたりして、笑いながら駆けていた。

二軒目の倒壊した家の前に着いた。この家の屋根もひしゃげ、がれきを吐瀉物のように吐き出していた。ただし、この家の屋根はかたむいていた。地面に頭をつけているようだった。

た。

「まるっと見透かす空色の光！　清香ブルー！」

清香ブルーが屋根と向き合い、決め台詞を口にした。リリアゴールドと沙羅グリーンは後方で見守っていた。清香ブルーの肩が緊張し、お腹に力を入れたことが分かった。

「いた？」

沙羅グリーンが声をかけた。清香ブルーは答えなかった。

「まるっと見透かす空色の光！　清香ブルー！」

とまた言った。いやな予感がリリアゴールドの胸のなかでふくらんだ。見ると、沙羅グリーンも不安げな顔つきをしていた。忙しそうに黒目を動かしている、と思ったら、数歩前に出て、清香ブルーと並んだ。

「無重力にさせちゃうぞ♡　沙羅グリーン！」

とさけぶ。その声が清香ブルーの決め台詞と重なった。

「無重力にさせちゃうぞ♡　沙羅グリーン！」

このさけびも清香ブルーとかち合った。ふたりのちいさな背なかは強張ったままだった。肩を怒らせ、細い二の腕に力を入れ、両のこぶしを握りしめ、決め台詞を繰り返した。

リリアゴールドはひしゃげた屋根と、吐瀉物のようながれきをひたすら見つめていた。それらはぴくりとも動かなかった。リリアゴールドの胸は、いやな予感でいっぱいになっていた。いやな予感のかたちや質感は不明だった。リリアゴールドの胸は、石を積まれたように重く、なんにも入っていないように軽かった。でも、たしかに、いやな予感は満ち満ちていて、その証拠に口からあふれ出そうになっていた。

「まるっと見透かす空色の光！　清香ブルー！」

「無重力にさせちゃうぞ♡　沙羅グリーン！」

ふたりのさけび声はどうしようもなくなったように、張りつめていた。かじりつくような声だった。まぜものなどなく、一心だった。リリアゴールドと同じく、ふたりも、ふだんの自分と、使命と能力を持つ者が、それぞれのなかで溶け合っていると知れた。その声がリリアゴールドの胸にがらん、がらん、とひびいた。柴の仔犬がリリアゴールドの脚によじのぼろうとしている。体温が伝わる。生きている者はあたたかい。

「あなたを癒す金色の光！　リリアゴールド！」

リリアゴールドもさけんだ。声をかぎりにさけんだ。どうあきらめたらいいのか分からなかった。どこまでさかのぼってやりなおせばいいのかも分からず、後悔しているのか、したいのか、したほうがいいのかも分からなかった。だから、さけんだ。さけびつづけた。

おもいで

I

かちっ。長針が一目盛り動き、十一時になりました。そうっと息を吸い込むような、ほんの少しの間を置いて、ボンボン時計が鳴り始めます。ボーン、ボーンとつづけざまにゆかしい音をひびかせました。

花梨(かりん)ちゃんは自分の部屋にいました。床に立ち、ドレッサー付き学習机の四角い鏡にワンピースすがたを映していました。

そんなに大きな鏡でもなかったし、そんなに広い部屋でもなかったので、全身は映りません。なにもせずに立つと、レースをあしらった白いヨーク部分が認められるきりです。花梨ちゃんは膝(ひざ)を折ってみたり、つま先立ちをしてみたりして、身支度の最終点検をしていたのでした。

それがすんだら、家族で出かける予定です。花梨ちゃんは、自分の部屋のドアを開け、リビングに出て行き、ソファに座るおとうさんとおかあさんに「お待ちになった？　おほほ」とかなんとか気取って言おうと思っていました。

きょうは六月二十八日。りっちゃんセンパイの結婚披露宴の日です。

りっちゃんセンパイは、おとうさんのお姉さんのこどもで、花梨ちゃんのいとこです。さっぱりとした気性の美人で、親戚みんなから「りっちゃん、りっちゃん」と可愛がられる人気者。花梨ちゃんも最初は「りっちゃん」と呼んでいたのですが、いつだったかのお正月、おじいちゃんの家に集まった親戚なん人かでトランプをしていたときに、ふざけて「りっちゃんセンパイ」と呼んだのがきっかけとなり、ふたりのあいだでその呼び名が定着したのでした。

その、りっちゃんセンパイから結婚披露宴の招待状が届いたのは、三カ月くらい前でした。白い封筒の宛名には、おとうさん、おかあさんの名前とならんで、花梨ちゃんの名も記してありました。それを目にしたときの花梨ちゃんの嬉しさといったら！一人前のレディとして認められたような心地がしました。花梨ちゃんは小学五年生。結婚披露宴におよばれされるのは初めてでした。

その日から、ずっと、花梨ちゃんは胸をときめかせています。

ウエディングドレスを着たりっちゃんセンパイを見るのも楽しみでしたし、おめかししてウエディングパーティに出席するのも、すごく、すごく、楽しみでした。パーティまであとなん日と思うたびにドキドキして、呼吸が浅くなりました。そんなにも待ちこがれている自分が気恥ずかしくて、こっそり舌を出し、犬の呼吸の真似をしたりして、楽しみに思うきもちを逃そうとしていました。

だいたいうまくいきましたが、昨晩はさすがに無理でした。ベッドのなかで幾度犬の真似をこころみても、ドキドキが止まりません。止まらないどころか、心臓の音がうるさくて眠れませんでした。

何度も何度も寝返りを打つうちに、花梨ちゃんはぐったりとしてしまいました。りっちゃんセンパイのウエディングパーティを楽しみに思うきもちと、眠ろうとしても眠れない疲れの両方がマックスに達したのでした。

花梨ちゃんは「ええい」とばかりにおふとんをはねのけ、リビングに向かいました。キッチンでお水を飲もうと思ったのですが、電話機が目に入ると同時に、あるいたずらっぽいひらめきがおりてきて、予定を変更しました。子機を手に、自分の部屋に戻り、りっちゃんセンパイの携帯に電話をかけました。花梨ちゃんはまだ携帯を持つことをゆるされていませんでしたが、りっちゃんセンパイの携帯の番号は知っていました。

「……はい？」

りっちゃんセンパイはすぐに電話に出ました。夜中なのに、昼間に聞くようなはっきりとした声でした。

「えっと、こんばんは」

花梨ちゃんの声もくっきりとした輪郭を持っていました。

「おやおや、もしや、あなたは花梨ちゃんでは？」

りっちゃんセンパイは驚きながらもちいさく笑いました。

「こどもはとっくに寝ている時間ですぞ」

と、ほんの少しだけこわい声をつくってみせました。

「なんかドキドキしちゃって」

そう言うと、りっちゃんセンパイは、

「えー、本人でもないのに」

と嬉しそうな呆れ声を出しました。

「なんだけどさー」

花梨ちゃんは頭を掻いてから、ばふりとベッドに仰向けに倒れました。くるりとからだをかえし、両肘をおふとんにつけ、

「はたして本人のしんきょうやいかに！」

と足をばたつかせました。

「うーむ」

りっちゃんセンパイは唸りました。ちょっとの間をおき、こう答えました。

「……けっこう普通なんだな、これが」

「そうなんだ？」

「まー普通よりちょいすがすがしめだけど。準備がたいへんだったので、『明日で終わるぜ』感が大きいね」

ボーン、ボーン、と音が鳴るなか、そんなことを一瞬のうちに思い出し、花梨ちゃんはベッドの上に置いていたデイジーのかたちをしたちいさなバッグに手を伸ばしました。

ふと、ボンボン時計の音がいやによく聞こえるな、と思いました。

ボンボン時計はリビングの壁にかかっています。花梨ちゃんの住まいは３ＬＤＫのマンションで、花梨ちゃんの部屋も、両親の寝室も、お客さまが来たときに使う和室もリビングと接しています。ふだんから、家じゅうどこにいてもボンボン時計の音は聞こえてくるのですが、きょうは、ひときわくっきりと花梨ちゃんの耳に入ってきました。

意識したら、音はますます大きくなりました。ボーン、ボーンと規則正しく鳴るたびに、花梨ちゃんは、重いパンチをくらっているような感じがしました。仰向けに倒れそうになるのを、ようやっと堪えているようでした。

デイジーのかたちをしたちいさなバッグに手を伸ばしたまま、思わず、ぎゅっと、目をつむりました。とたん、すうっと吸い込まれ、ぐるんぐるんと回転しながらどこかに落ちていきました。そのまま落ちつづけました。花梨ちゃんは、急流に揉まれる木の葉のように回りながら、地球の芯に到達するのではないかと思うほど、深く、深くに落ちました。

2

ぱちっ。目が開きました。

どれくらい時間が経ったのかは不明ですが、花梨ちゃんは、朝、起きたときのような感覚を覚えました。

気分爽快とまではいきませんでしたが、新しいきもちになっていました。何時間も夜汽車に揺られ、知らないまちに運ばれたようでした。

(ここはどこかしら)

おそるおそるあたりを見回してみます。なんのことはない、そこは、花梨ちゃんの部屋でした。深く、深くに落ちる前に立っていた同じところに花梨ちゃんは立っていたのでした。

花梨ちゃんは、はてな、と首をかしげました。貧血でも起こしたのかな、とそのまま膝を曲げ、ドレッサー付き学習机の鏡に顔を映してみました。

鏡に映った花梨ちゃんは、ずいぶんお姉さんに見えました。

女児と少女の中間から、少女と若い女の中間へと、いくつかコマを進めたようでした。目鼻立ちはそんなに変わっていませんでしたが、こども特有のふっくらとした柔らかさと、あどけなさが抜けていました。

花梨ちゃんの頭のなかに、赤ちゃんだったころからの自分の写真が成長順にならびました。一歳、三歳、七歳と写真がならび、現在の年齢である十一歳の写真が加わり、十三歳、十六歳とつづきました。そうして、花梨ちゃんは、いま目にしている、鏡に映った自分が十七歳の高校二年生だと気づいたのでした。

十七歳の自分と目を合わせながら、ゆっくりと鏡に近づいていきました。腰は少し落としたままです。足を進めるごとに、十一歳から十七歳までに経験した忘れがたいシーンが、花梨ちゃんの脳裏によみがえりました。

小学六年生になってすぐ、妹が生まれたこと。

どのような行為で赤ちゃんができるか、花梨ちゃんはうっすらと知っていたので、おかあさんから妊娠したと報告されたときは複雑なきもちになり、こころからおめでとうと言えませんでした。パンパンにふくらんでくるおかあさんのお腹を少し気味悪くも思いました。生まれてきたらきたで、妹は、泣いたり笑ったりうんちをしたりするだけなのに、おとうさんとおかあさんの人気を独り占めし、なんとなくクサクサしたのですが、妹という赤ちゃんが、よそのどの赤ちゃんよりも可愛く思えたのも事実でした。

中学一年のときは、学校の階段で足をすべらせ転倒し、骨折しました。初めての骨折でした。それまで花梨ちゃんは、転校生になることと同じくらい骨折というものにほのかなあこがれを持っていましたが、実際に骨を折ってみると、痛いし、おトイレで用を足すのをはじめなにかと不便だし、そんなにいいものではないな、と思い知りました。

病室にお見舞いに来てくれた友だちは、一瞬、花梨ちゃんに同情したものの、すぐに花梨ちゃんそっちのけで、花梨ちゃんの知らない学校でのできごとを話し合うのに夢中になりました。そのはつらつとしたようすを見て、怪我をするのはつまらない、という結論に達したのでした。

その結論があっけなくくつがえったのは、退院し、少しのあいだ自宅療養していたときでした。骨折もまんざら捨てたもんじゃない、と思いました。というのも、ある日、手紙が届いたからです。

差出人は「K」という人物でした。忘れな草色の封筒のなかには、おんなじ色のカードが入っていて、そこに「早くよくなってください」と書いてありました。その字は女子が好んで書くような丸みを帯びていませんでした。「K」なる人物は男子にちがいありません。

　花梨ちゃんのクラスにいる頭文字「K」の男子は河島と、紺野でした。河島は無口で眼鏡をかけているのに勉強ができず、紺野はおしゃべりなお調子者なのに運動が苦手でした。ふたりとも忘れな草色のカードを送ってくるような人物であるはずがありません。

　そこで花梨ちゃんは頭文字「K」は苗字ではなく名前のほうではないかと発想の転換をこころみ、それなら宇佐美健くんしかいない、とうなずきました。

　宇佐美健くんは、ちょっと背は低いけれど、勉強ができるし、スポーツも得意です。イケメンとまではいかないかもしれないけれど、決して悪い顔立ちではありません。

　きっとそうだ、宇佐美くんだ、と思うと、彼がにわかに気になり始めました。自宅療養中に思いがつのり、学校に通えるようになったころには、大好きになっていました。

　ところが、宇佐美くんからのアクションはありませんでした。花梨ちゃんを好いているに決まっているのに、告白してこようとしないばかりか、忘れな草色のカードの差出人であることも打ち明けてくれません。

（どうしてなにも言ってくれないの？）

そんなきもちをこめて、表情をつくり、宇佐美くんを見つめてみたりもしましたが、それでも反応はありませんでした。

宇佐美くんと同じ高校に入りたくて受験勉強をがんばった中学三年。同じ高校に合格できたのに離ればなれのクラスになった高校一年。ああ、そして。

二年生のクラス替えで同級生になったのです。宇佐美くんはいつのまにか花梨ちゃんより背が高くなっていました。たまに鼻の頭に大きなにきびをこしらえますが、そのとき以外は、小麦色のきれいな肌をしていました。宇佐美くんの肌つきは、焼きたてのバゲットを思わせました。見つめていると、こうばしさが花梨ちゃんのなかにふんわりと広がるのでした。

宇佐美くんを好きなきもちが加速しました。

「ずっと、ずっと、宇佐美くんだけを見ていました」

勇気を出して告白したのは二学期の終業式。花梨ちゃんの通う高校では告白場所のメッカと言われている三階の非常階段に宇佐美くんを呼び出しました。

「……ありがとう」

宇佐美くんはズボンのポケットに手を入れてそう答えました。それからからだを半回転させ、グラウンドを見下ろし、こうつづけました。

「丸尾(まるお)さんのきもちは嬉しいけど、でも、そのきもちには応(こた)えられない」

「えっ、じゃあ、あのカードは……」

なんだったの、と花梨ちゃんは思わずつぶやきました。花梨ちゃんは骨折したときから宇佐美くんとは好き同士だと信じていたのです。どちらかが勇気を出して告白しさえすればお付き合いが始まると思っていたのでした。

「カードって？」

宇佐美くんは花梨ちゃんに目を移し、怪訝な顔つきで訊き返しました。

「ううん、なんでもない」

花梨ちゃんはかぶりを振り、前髪をちょっと引っ張ってから、

「でも、あたしのきもちは変わらないから。これからもずっと好きでいるから」

と宇佐美くんの目を見て、告げました。自分自身に言い聞かせるような、大きな声になりました。

「う、うん」

宇佐美くんはたじろいだあと、「じゃ、まあ、そういうことで」と非常階段を降りていきました。宇佐美くんの階段の降り方は、風のように軽やかで、運動神経のよさを感じさせました。

あっというまにちいさくなる宇佐美くんの背中を見ながら、花梨ちゃんは、「あたし、やっぱり、あのひとが好きだ」と思いました。最前彼に告げた「ずっと好きでい

るから」という発言は、口からでまかせとまではいきませんが、空回りした自分のきもちを守ろうと咄嗟に出てきたものでした。宇佐美くんのこころに爪痕を残したいという思いもありました。けれども、宇佐美くんの背中を見ていたら、ほんとうのほんとうに宇佐美くんが好きだったんだ、きっとこれからも好きでいつづけるだろう、と自然と思えてきたのでした。

（なんだよ、結局、あのカードを送ってきたのは河島か紺野かよ）

（とんだ勘ちがい野郎だよ）

（お笑い草だね）

花梨ちゃんは半笑いの表情を浮かべ、こころのなかで悪態をついたり、自虐の言葉をならべたりしながら、家路につきました。胸のなかがガランとからっぽで、そこに自分の言葉がむなしく反響しました。ドラマのヒロインじゃあるまいし、泣きながら歩くのは恰好悪いので、涙が落ちてこないよう、極力まばたきの回数を少なくしました。

家に帰って、「ただいま」と言い、お夕飯を食べるあいだも我慢できましたが、お風呂に入ったら、だめでした。涙が大量に出てきました。お風呂から上がり、バスタオルでからだをふくあいだも止まりませんでした。花梨ちゃんは入浴剤を入れたお湯がうっかり目に入り、けっこう染みた、というふうに目をこすりながらリビングに出て、充血しているのをなんとかごまかしました。

　家族でテレビを観ているうちは大丈夫でしたが、部屋に戻るとまた涙があふれました。枕に顔をふせ、ううっ、ううっと泣いたあと、机に向かい、メモ帳に「どうしてこんなに悲しいのだろう。ただあなたがわたしを好きじゃないだけで。わたしがあなたを思うように、あなたがわたしを思ってくれないだけで」と書きつけ、だいたい同じような文章を友だちに携帯メールで送りました。

「花梨のよさがわからないなんて」とか「あいつ、何様のつもり？」という憤慨のメールや、「今はまだ無理かもしれないけど、ゆっくりでいいから、もとの花梨に戻って」とか「花梨の笑顔が大好きだよ」という励ましのメールが友だちからぞくぞく届き、胸の傷はまだ癒えなかったけれど、友情に感謝して、その日は終わりました。家族のだれにも知られずにすんだと思いました。友だちにならいいけれど、家族に失恋がばれるのは、花梨ちゃんは死んでもいやでした。ところが。

「あのねー、おねえちゃんがねー、きのう、これ書いてたー」

　あくる日のお夕飯のときに妹が言い出しました。得意気に顎を上げ、ツインテールを揺らしながら、花梨ちゃんのメモ帳を「じゃーん」と掲げ、おとうさんとおかあさんに見せようとします。

　五歳になった妹は「女子高生」にあこがれていました。写真を撮られるときに、女子高生っぽいポーズをするだけでなく、こっそり花梨ちゃんの部屋に入り、花梨ちゃんの持ち物や洋服をいじっては、花梨ちゃんにこっぴどく注意されていたのですが、聞く耳持たずの平気の平左で、改めようとしませんでした。

「また勝手にひとの部屋に入って！」

花梨ちゃんは妹の手から大急ぎでメモ帳を取り返し、そのメモ帳で妹の頭を強く叩きました。こわれたおもちゃみたいに泣き出す妹に「自業自得」と正論を吐きましたが、

「だからといって手を上げなくてもいいでしょう？」

とおかあさんに叱られました。妹はさっそく向かい側のおかあさんのところに行き、おかあさんに抱きついてくすんくすんと鼻を鳴らしました。

「というか、そのメモ帳にはなにが書いてあるのかな？」

妹を引っぱたくほど秘密にしたいとは、とおとうさんがにやつき、

「おねえちゃんにだって秘密にしたいことくらいあるわよ。いつまでもこどもじゃないんだから」

とおかあさんが妹の頭を撫でながら、したり顔でおとうさんをたしなめました。花梨ちゃんはやりきれないきもちになり、席を立ち、ダッ、ダッ、ダッと足音荒く自分の部屋に引き上げて、バタン！とドアを閉め、ベッドで大の字になり、天井を睨み

ながら、ちょっとだけ泣きました。それが、そう、それがついさっきのことでした。

（ふう）

息を吐き、花梨ちゃんは窓に目をやりました。

外は真っ暗でした。灯りというものがひとつもありませんでした。いつもの夜なら、マンションや、一戸建てや、コンビニや、電燈が、白かったり、だいだい色だったりする灯りを放っているのに。表通りを行き交う車のライトが赤く走っているはずなのに、と思ったら、部屋のなかが真っ暗闇になり、ボンボン時計の音が聞こえ出しました。

ずうっと鳴りつづけていたものなのか、新たに鳴り始めたものなのか、花梨ちゃんには分かりませんでした。

ゆかしい音が、ボーン、ボーン、とひびきます。

花梨ちゃんは目をつむりました。

3

こくん。花梨ちゃんはかすかにうなずきました。目を開けたら、二十二歳になっていました。

椅子に腰かけ、長年愛用している学習机に両肘をつき、手のひらで頬をつつんでいます。

大学四年生の冬でした。

花梨ちゃんは住宅設備会社への就職が決まっていました。翌春からシステムキッチンやシステムバスを展示するショールームでアドバイザーとして働くことになっています。

大学でできた友だち数人とこぎれいな居酒屋に集(つど)い、卒業旅行の相談をして帰ってきたところでした。時刻はもうすぐ午前零時。家族はみんな眠っているようでした。花梨ちゃんは洗面台で化粧を落とし、パジャマに着替えて、友だちとの会話を反芻(はんすう)していました。

「やっぱり、ここは思い切って海外でしょう」

「タイとかグアムとかそういう」

「あーでもこんがり陽に灼(や)けてる新入社員って印象悪くない？」

「かもしれんね」

「けっこうなご身分でとか言われそう」

「台湾(たいわん)や香港(ホンコン)なんかどうかな。近いし、食べ物も美味しいし」

「いいかも。あたし、最近、漢方に興味あるんだ」

「いいよね、漢方」

「本場の漢方」

「あと、怖いくらい当たる占い師とかもいるらしいし」

「占いかー」

皆、瞬時、黙り込みました。それぞれの飲み物を飲み、それぞれの「占ってもらいたいこと」を頭に浮かべているようです。もちろん、花梨ちゃんもそうでした。

「ザクッと言うと、これからどうなるのか、ってことなんだけどね」

「せっかく就職しても会社がつぶれちゃったらまた就活だし」

「御社、つぶれそうなんだ？」

「一応大丈夫みたいだけど、分かんないじゃん、これぱっかりは」

「入ってみたらブラックだったとか、よく聞くし」

「地味に人間関係も気になる」

「地味だけど、基本だよね」

「ごめん、あたし、そういうのはあんまり……」

と言ったのは、バイト先だった建築設計事務所に就職した女の子でした。

「就職しても環境変わんないし。みんなけっこういいひとだし」

肩までの長さの髪を揺すって、うなずく彼女の恋人は同じ建築設計事務所に勤める一級建築士でした。まだ正式な話ではないけれど、結婚の約束をしているとのこと。

「結婚しても辞めなくていいんでしょ？」

「なんだけど、彼が独立したがってて。まーゆくゆくはふたりそろって辞めることになると思う」

彼女が占ってもらいたいのは、彼が独立してうまくいくかどうか、のようでした。

「軌道に乗っても乗らなくても、サポートするつもりではいるし、ついていくつもりでもあるんだけど……」

「なら、べつに占わなくてもいいんじゃないの？」

そんなにきもちが固まっているんなら、と花梨ちゃんは冗談めかして言いました。

「そうだよねー」

「かなりガチガチに将来設計できてるし」

「占いの余地があるのは、生まれてくるこどもが男か女かくらい？」

ほかの女の子たちも花梨ちゃんに乗っかって茶化(ちゃか)し始めました。

「なんですよねー」

当の彼女は肩をすくめ、

「『アガリ』が見えちゃってるんですよねー、『いろいろあったけど、まあいい人生だったよね』なーんて、おじいさんとおばあさんになったあたしと彼が縁側でお茶飲むみたいな絵が、もうなんかくっきりと」

と薄く笑いました。

「それってちょっとつまらないかも、とか思ったりする」

ちょっとだけだけど、と彼女は左手の薬指にはめた金色のリングをそっと撫でました。

「いやいや、それは贅沢な悩みですって」

花梨ちゃんは隣に座っている彼女の肩を小突きました。

「あたしの彼も独立したがってるけど、夢見物語にすぎないし」

そうつぶやいたら、ひとりが、

「ああ、バリスタの彼ね」

と塩を振った揚げパスタをポリポリと食べました。

「そう、その彼」

花梨ちゃんも揚げパスタに手を伸ばしました。

「バリスタの彼」とはお付き合いして二年になります。花梨ちゃんは大手カフェチェーンでバイトしていて、そこで知り合ったのでした。彼は二十六歳で、カフェでの身分は花梨ちゃんと同じバイトです。ロマンチックな風貌をしていて、風貌通り、考えに甘い部分がありました。社内での資格試験を受け、バリスタの称号を受けているので、花梨ちゃんたちのあいだでは「バリスタの彼」、あるいは「バリスタ」と呼ばれています。

「ふたりで貯金して店を出そうとか言ってる。ふたりならなんとかなるって」

でも、飲食業って経営とかむつかしそうじゃない？　資金が貯まるまでも、貯まってお店を出せたとしても、なんか一生お金のことばっかり考えてなきゃいけないような気がするんだ、と花梨ちゃんは揚げパスタを持ったまま、低く言いました。

「たいていのひとは一生お金のことを考えるんじゃないの？」

「そうだよ。あーでもないこーでもない、とお金と生活のことを考えつづけるんだよ」

「考えなくていいのは、ほんの一握りさ」

「そうそう、ほんの一握りの殿上人だけ」

「それはそうなんだけど……」

花梨ちゃんは揚げパスタを唇にあてました。

「あたし、彼のこと、そんなに好きじゃないかもしれない、と思うんだよね。だって、このひとみたいに」

と隣に座る「ガチガチに将来設計ができている」彼女を指差し、

「彼をサポートしつづけたいとか、ついていきたいとか思えないんだもん」

と高速で揚げパスタを食べました。

「告られて、その気になっただけなんじゃないかな、と思う」

そう言うと、

「あ、それはひどい」

「分かるけど」

「うん、分かるけど、ひどい」

との声が上がりました。

「……前に、すごく好きだったひとにふられて。そのひと、全然振り向いてくれなくて。それで、自然と、好きになってくれたひとと付き合ったほうがいいんじゃないかな、と思い始めて、その矢先の告白だったから、つい」

付き合ってみたら好きなような気がしてきて。ていうか、情がわいてきて。もともと嫌いじゃなかったし、と言ううちに、花梨ちゃんは自分が人非人のような気がしてきました。人非人を気取っているような感じがしました。

スケッチブックにフリーハンドで「おれと花梨のカフェ」の見取り図や、スタッフの制服や、メニュー表を書いたり、手っ取り早く資金を貯めるために毎回ロト6を買いつづける彼の笑顔がよぎり、かわいそうになりました。これは本心からそう思いました。

「……それはまあ、若気の至りっつーことで」

「だね、けっこうな『あるある』だし」

友だちは、眉をくもらせ、うつむく花梨ちゃんを慰めてくれました。でも、

「こんなにきもちがブレてても、『別れよう』とか言えないんだよね。いまさらって思うし、言い出せない空気もあるし。このままだと流されそう」

　と花梨ちゃんが言うと、いっせいに「やれやれ」という表情で顔を見合わせました。しばしの沈黙ののち、花梨ちゃんの隣に座る彼女が、

「勝手にすればって感じ」

　と言葉を放ち、皆、うなずきました。

　少しのあいだ、なんとなく気まずいムードになりましたが、卒業旅行の行き先に話題が戻ると、ふたたび活気づきました。花梨ちゃんも先ほどのやりとりを忘れた振りをして、やれやっぱりタイとか、むしろ箱根の高級旅館で一泊とか？　と大いに盛り上げました。

　結局、卒業旅行の行き先は決まらず、また相談しましょうということで集いは解散となりました。

　花梨ちゃんはこどものころから使っている学習机に向かい、考えごとをしています。こぎれいな居酒屋で皆に話したことは、花梨ちゃんの本音でした。ただし、すっか

り全部というわけではなく、ほんの一部です。花梨ちゃんとしては、ここまでなら、みんなに分かってもらえるだろう、と考えたラインの内側にある「本音」でした。だのに、居合わせた友だちからは共感を得られませんでした。

(あんなこと、言わなきゃよかった)

という後悔と、

(みんな、しっかりしてるんだなあ)

というひとごとめいた感想が胸のうちを漂っています。

(で、あたしはどうしたらいいんだろう)

バリスタの彼と別れるべきか、つづけるべきか。あたしは彼と別れたいのか、つづけたいのか、などなど自分自身に問い直しました。けれども、いつものように、答えはなかなか出ませんでした。

花梨ちゃんのうっすら考える最高の展開は、彼のほうから別れ話を切り出してくれることでした。というと、花梨ちゃんは彼と別れたがっているのだけれど、自分が悪者になるのがいやなので向こうから切り出してほしいと願っているようですが、それはちがいます。

実をいうと、花梨ちゃんはどちらでもいいのです。別れるもよし、このままつづけて結婚し、苦労するのもやむなし、という心境でした。どちらにしても、なぜか、遠いできごとに思えるのでした。いまの自分からははるかに遠い未来で起こるできごとだと思えてならないのでした。はるかに遠い未来に立つ自分に決断をまかせたいと思っていました。

ボーン、ボーンと時計が鳴り始めました。深夜零時になったようです。花梨ちゃんはゆっくりと目を閉じました。次に目を開けたとき、いまは「はるかに遠い未来」と思えてならない場所にいるはずです。

4

ぴかっ。目を開けた瞬間、日差しに直撃され、また目を閉じました。花梨ちゃんはやはり自分の部屋にいて、窓辺に立っていました。窓は開け放たれていて、五月の陽光が差し込んでいます。とてもまぶしい。花梨ちゃんは小手をかざすような身振りをし、青い空と白い雲をよく見ようとしているところでした。

右を振り返ると学習机。左を振り返るとベッド。どちらも、もう、ずいぶんくたびれています。それもそのはず、花梨ちゃんは二十八歳になっていました。

窓から離れ、学習机に近づきました。腰をかがめて、ドレッサーを覗いてみます。長い髪をひっつめにした、すっぴんの女性が映りました。花梨ちゃんの知っている自分の顔よりは少し痩せていましたが、そのぶん、目がぱっちりとして見えました。そばかすのような、ほくろのようなものがいくつか散らばっていましたが、もっちりとした肌でした。内側からうるおっているような湿り気がありました。口もとをゆるめてみたら、いかにも満ち足りたというふうな微笑が浮かび上がりました。

曲げていた膝を伸ばし、花梨ちゃんは自分の部屋のドアに視線を移しました。あのドアを開けて、きょう、この家を出ていくのです。きょう、花梨ちゃんは花嫁となるのでした。

初めてウエディングパーティにおよばれした日のことを思い出しました。

花飾りをつけ、丈の長い、うんと裾の広がった純白のドレスを着たりっちゃんセンパイ。とってもきれいだった。とってもしあわせそうだった。パーティに出席したみんなが、りっちゃんセンパイ夫婦をお祝いしていて、花梨ちゃんは光の船に乗っているようなきもちになりました。

前の晩、りっちゃんセンパイと電話で話した内容を忘れそうになったくらいでした。あのとき、りっちゃんセンパイはこう言ったのです。

「あのね。そんなにたくさん好きってわけじゃないの。かといって、いやなわけでもないんだけど。すごく肯定的な意味で、こんなもんか、っていう感じ。あたしはそれがいちばんいいの。目がくらむほどのしあわせは、少し、怖いの」

それにたいして花梨ちゃんはこう答えました。

「そんなのへんだよ。あたしはたくさん好きなひとと結婚したい。目がくらむほどしあわせになりたいなー」

「実に正しい意見であるぞ」

りっちゃんセンパイはそう言って笑い、「健闘を祈る」とふざけたあと、

「これでも、そこそこしあわせなのよ。明日、家を出るときは、元気に『いってまいります』って言うつもりなんだ」

と言いました。花梨ちゃんはお嫁にいくのに「いってまいります」と家族に挨拶するのはおかしいと思いました。そんなことを言ったら、家に帰ってきてしまいそうです。でも黙っていました。「いってまいります」と言ったりっちゃんセンパイの声がすっきりと晴れやかで、その前に口にした「そんなにたくさん好きじゃない」とか「こんなもんか」という不安な言葉を吹き飛ばすほどのきよらかで勇敢なパワーを持っていたからでした。

自分の部屋のドアを見つめ、花梨ちゃんは深呼吸をしました。

あのドアを開けて、部屋を出て、リビングのソファに座っているおとうさんとおかあさんと妹に、元気よく「いってまいります」と言って、家をあとにしようと決めていました。

ドアノブに手をかけ、回そうとしたら、ボンボン時計が鳴りました。ゆかしい音をひびかせて、そうして、花梨ちゃんは深く、深くに落ちたのでした。

5

あれっ？　気がつくと、ベッドの上においたデイジーのかたちをしたバッグに手を伸ばした恰好のままでした。ボンボン時計が鳴っています。あれはたぶん、十一時を知らせる音で、きょうは六月二十八日。そして花梨ちゃんは小学五年生で、これからりっちゃんセンパイのウエディングパーティに行くところ。きっとそう。

デイジーのかたちをしたバッグを手に持ち、花梨ちゃんは部屋のドアを開けました。リビングのソファに腰かけていたおとうさんとおかあさんは、「ああ、どうも」というふうに軽くうなずきました。

「お待ちになった？　おほほほ」

花梨ちゃんは片ほうの膝をちょっと曲げ、いわゆるモデル立ちをして、気取ってみせました。おとうさんとおかあさんは、ふふふ、とやさしく笑いましたが、腰を上げる気配はありませんでした。おまけにおしゃれもしていません。いつもとおんなじ、ハッカ色の上衣を着ています。

「さあ、出かけましょうか」

花梨ちゃんはスタスタと玄関に向かいました。

「早くしないと遅れちゃうよ」

振り向いて、声をかけたら、おとうさんとおかあさんは花梨ちゃんのすぐ近くにまで来ていました。ニコニコとした笑顔を絶やさず、花梨ちゃんの背に手をあてて、

「結婚披露宴は中止になったんですよ」

「さっき、りっちゃんセンパイから電話がきて」

と口々に言いました。

「そうだったっけ？」

花梨ちゃんは首をかしげました。そんな話は聞いていないという気もしましたし、そういえばそうだった、とも思えます。

「さあ、お部屋に戻りましょう」

おとうさんとおかあさんに背中を押され、花梨ちゃんは自分の部屋に戻りました。

ベッド、ドレッサー付き学習机。部屋のなかの家具は慣れしたしんだものばかりでしたが、なんだか少しようすがちがうようです。ベッドには手すりがついていましたし、ドレッサー付き学習机は低いタンスに置き鏡をのせただけのように見えました。見上げると、白い壁にボンボン時計がかかっています。たしか、リビングにあったのに、

と花梨ちゃんは思い、思ってすぐに、ボンボン時計がリビングから花梨ちゃんの部屋に移された経緯を思い出しました。くわしくは思い出せなかったけれど、そういうふうになったのだ、と納得しました。

そうっと机に近づいて、鏡に顔を映してみたら、見知らぬおばあさんと目が合いました。一目でよぼよぼと分かるおばあさんでした。あらまあ、とひとりごち、花梨ちゃんはよつんばいのような恰好でベッドに上がり、横になりました。

へっちゃらイーナちゃん

I

その前に、わたしたち一家は摩周湖に寄った。わたしは七歳だった。姉は十一歳で、わたしたち一家は四人だった。父と母と姉とわたしの四人で、小樽の、緑町の、柏通というバス停の近くの、赤い屋根の家に住んでいた。

展望台の駐車場に車を停めた。摩周湖には展望台がみっつあるらしいのだが、わたしたち一家が選んだのは第三展望台だった。父が決めた。

第一展望台の駐車場は広くて、売店も食堂もおトイレもあったが、有料だった。第三展望台と裏摩周展望台の駐車場はちょっと狭いが無料だった。裏摩周展望台には売店とおトイレがあって便利といえば便利だったが、摩周湖をながめるには林が邪魔をした。第三展望台には売店もおトイレもなかったが、真上から摩周湖を見ることができた。おトイレはその前にすませればいいだけの話だし、売店があったら余計なものをつい買ってしまい、あとで後悔するのは目に見えている、というのが下調べをした父の意見で、わたしたち一家は第三展望台から摩周湖を見ることにしたのだった。

「霧が多いんだ。たいていは霧がかかっていて、よく見えないんだ」

階段をのぼりながら父が言った。車のなかでも言っていた。

「よく見えなくても、がっかりしないこと。それが普通なんだから」

つづけて父が言った。そのたび、母と姉とわたしは、「はい」と返事した。わたしは、たとえ摩周湖がよく見えなくても、がっかりしないようにしようと思った。そのためには、いったん、がっかりしなくちゃいけなかった。がっかりしておかないと、がっかりしないようにはできない。

七歳のわたしにとって、摩周湖見物は、そんなに愉しみではなかった。むしろ億劫だった。ただ湖があるだけだ。動物園も遊園地もない。売店もない。買う買わないはべつにして、キーホルダーやノートなんかのお土産をひとつひとつ手に取りながめることができない。

「もしも晴れていたら、すばらしくきれいなんだ。こころが吸い取られるくらい、それはそれはきれいな青い湖なんだよ」

この言葉も父は何度も口にした。それから「でも霧が多いんだ」と言い、「よく見えなくてもがっかりしないこと」と念を押し、また「もしも晴れていたら」と言った。何度も言った。だから、わたしは「おとうさんの言う通りだったね」と言ったあと、うなだれ、唇を噛み締めるのがいちばんいいと思った。

　母と姉もそうするにちがいなかった。母と姉がそうするのは、本心からなのか、わたしのようにちょっとがんばってそうするのかは分からなかった。でも、そうしないと、父がおもしろくない顔をするので、そんなことはどうでもよかった。父の望む反応をしたいのは、わたしの本心だったし、それは母も姉も同じだと思った。

「……ほう」

　父が声を漏らした。

　わたしは息を飲んだ。

　その日の摩周湖は晴れていた。青空をもっと青くした青が目の下に広がっていた。青空よりも青いのに、青空みたいに真っ白な雲を浮かべていた。

　姉が読んでくれた『一ふさのぶどう』を思い出した。絵の得意な主人公が海の青を描きたくて、でも、その海の青をあらわす絵の具を持っていなくて、ジムという子の絵の具を盗む話だった。そのとき、わたしは主人公のきもちが理解できなかったが、摩周湖を見て得心がいった。

　この青をあらわす絵の具があれば絶対欲しい。絵を描きたくなったのではなく――もともとそんなに得意ではなかったし――、この青をじぶんのものにしたくなったのだ。できれば、この青を連れて帰りたかった。この青でわたしの部屋を満たし、そのなかで、ぶくぶくとあぶくを吐き出しながら、泳いでみたかった。

「晴れた摩周湖を見られたら、結婚が遅くなるらしいぞ」

木の手すりに肘にのせ、半身のかまえで父は姉とわたしを交互に見た。頬骨の出張った、細くて長い顔をカタカタと左右に振った。これは父が面白いことを言ったときの合図だった。

「えー、やだー」

姉がからだをくねらせた。笑いつつも「イーだ」の顔つきで父をぶつ身振りをした。

「やだ、やだ」

わたしも姉と同じようにした。お嫁にいくという未来のできごとは遠すぎて具体的な像を結ばなかったので、少しくらい時期が遅くなってもぜんぜん気にならなかったが、そうした。

「おとうさんは遅いほうがいいんじゃない？」

母が言った。

「いつまでも、ふたりにいてほしいんじゃない？」

ぽっちゃりとした頬に手をあて、父に向かって目を細めた。

「摩周湖の水は」

父は目の下の深い青に視線を移した。

「ほとんど雨なんだ。注ぎ込む川がないから、不純物が入ってこない。かぎりなく純粋な水だからこそ、こんなに美しいんだよ」

父の口調は先生のようだった。なんにも知らないわたしたちに、やさしく教えてあげるようだった。小学校教諭の父は、ときどきこういう口調になった。わたしたちは、つねによい生徒だった。

「流れ出る川もない。水位が一定なのは、たまった水が地下水になって、わき出しているからなんだ。いつも一定量の清らかな水で満たされてるってわけさ。すごいね」

うん、すごい、と父は、恐ろしく澄んだ、深く青い湖を見つめた。父が黙ったので、わたしたちも口をつぐんだ。わたしたち一家は少しのあいだ、無言で湖を見つめた。わたしはだんだん心配になった。母か、姉か、どちらかが早くなにか言えばいいのに。

父がわたしたちにやさしく教えてあげたときの反応は、むつかしかった。父の知識に感嘆する場合が多かったが、そうでない場合もあった。父がわたしたちにやさしく教えてあげたことのなかに、隠された意味――父がほんとうに言いたいこと――があって、それにちゃんと気づかないと、父の機嫌が悪くなるのだった。

不機嫌な父は真冬のドアノブのようだった。うっかり触れたら、パチッときそうだった。そんな気配をあからさまに、濃厚に、漂わせた。こめかみに立てた青筋をぴくつかせ、薄くて赤い唇をわななかせ、白目の分量の多いつり目でわたしたちを睨んだ。

「わたしたちの家みたい」

母が言った。ほのかな笑みを浮かべ、きわめてのんびりと言った。

「そうだね」

父は即座に応じた。

「摩周湖家族ってやつだ」

と姉とわたしを交互に見て、顔をカタカタと左右に振った。

「やったー」

わたしはバンザイをしそうなからだの動きをした。そんなわたしを見て、姉がお腹をかかえて笑った。母も笑い、父も笑った。わたしも笑った。大きな口を開けて、笑った。

わたしたち一家の笑いがすぼまるように落ち着き、わたしはあらためて目の下の青を見つめた。わたしたち一家は、この青のように美しい。父がそう思っているのだから、そういうことになる。父がそう思うかぎり、わたしたち一家は、ずっと、ずっと、美しいままなのだろう。不純物は侵入せず、流れ出るものもなく、一定の水位を保つ。

「そろそろ行くか」

父が腕時計を見た。

「おばあちゃんが首をながーくして待ってるぞ」

カタカタと顔を左右に振りながら、父はきびすを返した。母、姉、わたしもあとにつづいた。

わたしたち一家は祖母の家にあそびにいく途中だった。朝早くに出発し、父の運転でドライブしてきた。夏休みを利用しての二泊旅行だった。

祖母は生まれも育ちも小樽だったが、わたしがうまれたころ、祖父とともに弟子屈（てしかが）に引っ越した。銀行員だった祖父が転勤になったおりに気に入った地に、祖父の定年を機に移り住んだ。弟子屈に家を持ってすぐに祖父は亡くなった。祖父よりひとまわり若い祖母は弟子屈の、摩周駅の近くの、青い屋根の家に住みつづけていた。

「ここを右に曲がって、真っすぐ行って」

摩周湖を見にいくために、摩周駅を過ぎようとしたとき、助手席に座っていた母が指差した。

「ずうっと真っすぐ行って、左に折れて」

祖母の家への道順を姉とわたしに教えた。祖母の家は、母の実家だった。祖父が亡くなって以来の帰省だった。葬儀をすませてから、母はしばし実家にとどまったと聞いた。幼い姉と赤ちゃんだったわたしも母と一緒にとどまったらしいのだが、わたしは覚えていない。幾日いたのかも覚えていない。

「摩周駅に止まる列車は釧網線（せんもうせん）というの。小樽からだとまず札幌（さっぽろ）まで行って、釧路（くしろ）行きに乗り換えて、釧路についたら、摩周行きの列車に乗るの」

母は顔だけ振り向いて、後部座席に座る姉とわたしに教えた。

「まず札幌駅まで行って、スーパーおおぞらに乗り換えて、釧路についたら、摩周行きの列車に乗るのよ」

少し言い直して、繰り返した。

「めんどうよね。おとうさんの車で行くほうがずっといいわ。おとうさんのおかげで楽ちんできちゃう」

と父の肩を軽く叩いた。

「ロングドライブの運転手はなかなかつらいよ」

父は（おそらくカタカタと顔を左右に振りながら）応じた。

「おつかれさまです」

母は頭を下げてから、窓から景色をながめ、「札幌駅でスーパーおおぞらに乗り換えて」とひとりごちた。「摩周行きの列車に乗るのよ」と、つねよりもっと柔らかな声でつづけた。その声はわたしの胸にすうっと入った。姉のこころにも入ったと思う。

階段をおりて駐車場に戻る前に、わたしは振り向いて摩周湖を見た。

緑の樹木に覆われた小山のような断崖にかこまれた、真っ白い雲を浮かべる深い青を見た。

わたしたち一家がこの青のように清らかで美しいのなら、わたしはこの青を連れて帰らなくていい。わたしたち一家はすでにこの青に満たされていて、そのなかで泳いでいる。このまま、ずっと、泳ぎつづける。だから、この青をわたしのものにする必要はない。そう思った。思おうとした。思わなくちゃいけないと思った。わたしのきもちは、欲しいものをあきらめるときのきもちに似ていた。欲しがるきもちを捨てようとするときに似ていた。

必要でないものを欲しがるのはぜいたくだというのが父の口癖だった。ぜいたくだし、卑しいし、そもそもくだらない、と真冬のドアノブみたいなようすで、わたしがお年玉で買った、犬や猫のおどけ顔が先っぽについた鉛筆をごみ箱に捨てた。泣くわたしに、鉛筆は書ければいい、と怒鳴ったが、数日後、ピエロやライオンの顔が先っぽについた鉛筆を買ってくれた。外国製だから高かった、とカタカタと顔を左右に振って。

わたしは湖から地面へと視線を落とした。首を前に垂れていた。そのまま進行方向に首を動かし、父や、母や、姉のあとにつづくことにした。一歩を踏み出そうとした。と、背後に気配を感じた。顔を上げ、ぱっと振り返った。

女の子が立っていた。わたしと同じくらいの背丈だった。お尻まである長い髪は銀色で、濡れたように光っていた。袖なしの白いワンピースを着ていて、それも濡れたように光っていた。いや、濡れたように、ではなく、濡れていた。プールからあがったばかりというふうだった。水滴が日に輝いていたのだった。

わたしはゆっくりと進行方向に目を戻した。すぐにまたぱっと振り返ってみた。

女の子はそこにいた。深い青い目でわたしをじっと見ていた。りりしい眉をしていた。唇をぎゅっと結んでいた。小脇に空色とピンクがマーブル状になった丸いものを抱えていた。ラグビーボールのようなかたちだった。

（それはなに？）

こころのなかで訊いた。というか、思い浮かべた。

（たまご）

女の子が答えた。女の子の返事は、わたしのこころに直接入ってきた。声として聞こえたのか、言葉として送られてきたのか、よく分からなかった。

（なんの？）

わたしの問いを無視して、女の子が答えた。

（あたし、イーナちゃん）

へえ、とうなずく間もなく、女の子が片目をつぶってこう言った。

（へっちゃらイーナちゃん）

2

祖母がわたしたち一家のめんどうを見てくれることになった。わたしは八歳だった。姉は十二歳で、わたしたち一家は四人だったが、母は入院していた。母が入院して、ひと月くらい経ったころ、祖母が弟子屈からやってきたのだった。

祖母がくる前は、父と姉が手分けして食事の支度をしていた。朝はトーストと目玉焼きとサラダ、夜はごはんとお味噌汁と焼き魚かお肉のバター焼きとおひたし。金曜の夜はカレーライスで、その残りを土日で食べた。

カレーライスは姉がひとりでつくった。学校から帰って、手を洗い、肩を怒らせタマネギをみじん切りにしたあと、しょぼしょぼした目を擦りながらニンジンやジャガイモを大きめに切った。わたしがそばに行くと「危ないからきちゃだめ」と注意した。具を煮ているあいだに、姉はお風呂掃除をした。わたしはカレー鍋を見守った。ふきこぼれたら、姉に知らせる係だった。わたしは後ろに手を組んでガス台の前に立ち、とろ火で煮込まれる赤いホーローのカレー鍋を見つめた。ときどき足首を回したり、かかとだけで立ってみたり、後ろに組んでいた手をほどき、前に伸ばして振り回したりしながら、カレー鍋を見つめた。

姉がお風呂掃除を終えたら、リビングで、ふたりで宿題をすませた。姉とわたしは二階にそれぞれ部屋を持っていたが、宿題は台所の近くのリビングでおこなった。姉はときどき台所に立ち、鍋のようすを見ていた。この間に、勤め先の父から四度、電話が入った。

カレールウを割り入れる作業は、わたしがやらせてもらった。わたしは踏み台に立ち、カレー味のチョコレートみたいなルウをじょうずに割って鍋に入れた。踏み台に立ったまま、姉がおたまでかきまわし、みるみる色ととろみがついていく鍋のなかをながめた。

「おいしくなあれ、おいしくなあれ」

カレーに向かって姉が唱えた。母がそうしていたように、カレーにほほえみかけていた。わたしも唱えた。母のそばでそうしていたように、音を立てない拍手をしながら、「おいしくなあれ、おいしくなあれ」とポコポコとちいさな泡を立てるカレーにささやいた。

父から、もうすぐ帰ると電話があった十分後に姉はお風呂に湯を張った。脱衣所に着替えも用意した。帰宅した父は、姉とわたしが迎えに出るまで玄関で待っていた。姉とわたしが「おかえりなさい」と言ったら、靴を脱いだ。上がりかまちに足をのせ、「ただいま」と姉の頭をなで、もう一方の足を上がりかまちにのせ、わたしの頭をなでた。父は背の高いほうではなく、手もそんなに大きくなかった。でも、わたしたち一家のなかではいちばん背が高かったし、手も大きかった。

父は、書斎に入り、かばんを置き、上衣とズボンを脱いだ。シャツの袖のボタンをはずしながら出てきて、お風呂場に向かった。父がお風呂に入っているうちに、姉は脱ぎっぱなしだった父の上衣とズボンを片付け、わたしは台所に立ち、とろ火で温め直されるカレー鍋を見守った。

お風呂場から父の鼻歌が聞こえてきたら、ほっとした。父のその日の機嫌は、帰宅した瞬間にだいたい分かった。だが、機嫌よく帰ってきても、お風呂に入るまでに真冬のドアノブみたいになることがあった。お風呂で鼻歌を歌っていても、ごはんを食べるときになったら真冬のドアノブに変身する場合もあり、つまり、父がいつ、どのタイミングで変身するかは予想がつかないのだった。

お風呂からあがった父は、姉とふたりで夕ご飯のしたくをした。姉がごはんをよそい、カレーをかけたお皿や、姉がコップに水を入れ、そこにスプーンをさしたのをテーブルに運んだり、冷蔵庫から福神漬やラッキョウを出したりした。わたしはすでにテーブルについていて、ふたりのようすを見ていた。

「新婚時代を思い出すなあ」

機嫌のいいときの父はそう言った。

「あのころ、おかあさんは料理ができなくて、ひとつおぼえのカレーばっかりつくってた」

とうっすらと笑った。結婚したばかりのころの父は、母の手伝いをしていたようだった。若かった父は、お皿にごはんをよそい、カレーをかける若かった母の襟足に、腰をかがめ、鼻をくっつけるようにして、「うまそうだな」とささやいていたのだろう。

「なつかしいなあ」

と父は洟（はな）を啜（すす）り上げ、

「……早く元気になればいいね」

と声を落とした。

「きっともうすぐだよ、もうすぐ帰ってくるよ」

うなずきながら、席についた。

真冬のドアノブのときでも、父は姉と夕ご飯のしたくをした。姉のごはんのよそい方やカレーのかけ方を注意した。注意の仕方は二種類あった。「よくそんなにきたならしい盛りつけができるものだ」と冷たく言い放つ場合と、「何度言ったら分かるんだっ」と怒鳴りつける場合だった。

この二種類はカレーそのものにも向かったし、そうして、なぜか、父が真冬のドアノブのとき、福神漬かラッキョウのどちらかが切れているか、ほとんど残っていなかったので、父はとっくりと姉を責めた。夕ご飯が始まり、終わるまで、間を置いて、言葉を投げつけた。洗いものも父と姉の仕事だったが、そのさいも、尖った氷みたいな言葉やシューシュー湯気の立つ熱湯みたいな言葉を投げつけつづけた。父は、わたしにはめったに――わたしが勝手なふるまいをしたときをのぞいて――言葉を投げつけなかった。母が元気だったころは、姉にも投げつけなかった。

祖母がやってきてからは、だれにも言葉を投げつけなくなった。だからといってつねに機嫌がいいのではなかった。こっそり、こめかみに立てた青筋をぴくつかせたり、唇をわななかせたりした。ひっきりなしに貧乏揺すりをし、口をゆがめて、シーッ、シーッと右の奥歯の隙間から息を吸った。

「ぼくたちだけで大丈夫ですから。そうそうおかあさんに頼ってもいられませんし。おかあさんだってご迷惑でしょうし」

二、三日おきに祖母に言っていた。

「あらやだ、そんな他人行儀な。親子じゃありませんか」

祖母はコロコロと笑い、請け合わなかった。祖母は顔も体形も母に似ていた。丸顔で、目がくるんと大きくて、小柄で、ぽっちゃりしている。

「気にしないこと」

父の留守に、祖母が言った。脈絡なく、ぽつりと言った。姉にハンバーグのつくり方を教えているときだった。わたしもそばにいた。パン粉を牛乳でふやかす仕事をもらっていた。わたしは祖母がなにを言いたいのか分かった。姉も分かったと思う。

「おとうさんはあんたたちがとっても大事なんだよ。それはほんとうなんだよ。あんたたちがとっても大好きなんだ。でも、どうしていいのか分からなくなっちゃうんだよ。おとうさんは、家族ってものに慣れてないからねえ」

最後のほうの声はとてもちいさかった。だが、はっきりと聞こえた。祖母の言い方には、その言葉を初めて口にするときのようなよどみがなかった。何度も口にした言葉を言っているようだった。

「……ああ、うん」

ハンバーグのたねをこねながら、姉が答えた。

「うん、うん」

わたしも答えた。わたしは調理台に両手の指先をのせ、姉の横顔と、祖母の顔を見上げた。ふたりはよく似ていた。わたしもどちらかというと母似だった。台所に、同じような顔がみっつそろっていた。

「かわいそうかな、とは思ってる」

姉の声は聞き取れないほどちいさかった。母が入院してから、姉は目に見えておとなしくなっていた。はしゃいだり、ふざけたりしなくなった。

「でも、おかあさんのようにはできない」

この姉の声もちいさかったが、わたしにはよく聞こえた。締め忘れた蛇口から垂れる水滴みたいに、響いた。

「年季がちがうよ。おかあさんは十九のときからおとうさんのお嫁さんだったんだからね」

かれこれ十二年だ、と祖母は姉の細い前髪をかきあげた。

「おかあさんとおんなじようにしようなんて思わなくていいんだよ」

と姉の背なかに手をあて、

「なに、おかあさんが元気になるまでさ。おかあさんが帰ってきたら、なにもかも元通りになるよ」

と姉の背なかをトン、と叩いた。

「うん」

姉はうなずき、

「うん」

わたしもうなずいた。祖母は不自然な笑みを浮かべていた。かすかに首をかしげていた。その首をゆっくりと立て、なにか言いかけ、発しなかった言葉を飲み込むように口を閉じた。

　土曜の夜は、母のお見舞いに行く日だった。父が運転する車で市立病院まで行った。祖母は行かなかった。私たち一家に遠慮したようだった。祖母は、日中、ひとりでバスに乗って、お見舞いに行っていた。父も毎日のように見舞っていたようだった。病院に寄ってから帰宅していたらしい。でも、姉とわたしを病院に連れていってくれるのは週に一度だけだった。

　仰向けに寝ている母に、学校であったことや、よく家のお手伝いをしていることを報告した。母はうなずいたり、うなずかなかったりした。お薬がきいていて、うとうとしているのだ、というのが父の説明だった。母は、鼻や腕にチューブがささっていた。頰がこけたので、姉にもわたしにも祖母にも似ていなかった。母の顔色は、古くなったジャガイモみたいだった。古くなったジャガイモをさらに暗くしたような色だった。母は、わたしの知っている母にも似ていなかった。

　姉とわたしが病室にいられる時間は短かった。姉とわたしの近況報告が一段落したら、おかあさんが疲れるから、と父がわたしたちに退室をうながした。わたしはもっと長くおかあさんのそばにいたかった。おかあさんに、おかあさん、おかあさん、と言って抱きつきたかった。だが、長い時間、おかあさんのそばにいると涙が出てしまうので、短いほうがいいかもしれないと思った。短い時間でも目に涙がたまった。この涙は、おかあさんが元気になって家に帰ってくる日はこないんだ、とわたしが直感した証拠だった。かなしい予感が胸いっぱいに広がって、手や足がもげそうだった。おかあさんのすがたを見なければ、かなしい予感はちょっと弱まった。おかあさんは、元気になって家に帰ってくるんだと、本で読むお話のなかに入っていくように思うことができた。

（だからね、おかあさんのお見舞いにいくのは、土曜日だけでいいかもしれないの。ほんとはもっとたくさんお見舞いにいきたいけど、土曜日だけのほうがもしかしたらいいかもしれないと思うんだ）

母のお見舞いに行った夜、わたしはイーナちゃんに言った。

イーナちゃんがわたしの前にあらわれるのは、いつとは決まっていなかった。だが、土曜の夜はかならずわたしの部屋にきた。わたしがベッドに腰かけていたり、机に向かっていたりしていて、ふっと気配を感じて振り返ると、イーナちゃんが立っているのだった。

（そうかもね）

イーナちゃんは銀色の髪を揺すってから、龍の頭をなでた。摩周湖で初めて会ったときに小脇にかかえていたたまごから孵（かえ）った龍だった。仔犬くらいの大きさで、人間の歳でいうと一歳にもなっていないとイーナちゃんが言っていた。龍はピンク色をしていた。まだひげも生えていなかった。目つきはするどかったが、全体の印象としてはあどけなさが勝っていた。おしるし程度の翼をパタパタと動かし、イーナちゃんの棒のように細い足にじゃれた。

（どっちみち、おとうさんは土曜の夜しか病院に連れていってくれないしね）

わたしは深く息をついた。イーナちゃんも息をつき、かぶりを振った。

（おとうさんの言うことは絶対だからね。言うとおりにしないと怒るから。言うとおりにしてても気分で怒るから。へんなひと）

と、イーナちゃんはふくれっつらで腕を組んだ。わたしは少し笑ってから、まあそう言わずに、というふうに祖母の言葉をイーナちゃんに伝え、こうつづけた。

（おとうさんは、こどものときにおとうさんとおかあさんが死んじゃったみなしごなんだもん。親戚の家をたらいまわしにされて、とっても苦労して大学までいって、小学校の先生になったんだよ）

（それはりっぱだけど）

（りっぱなんだよ。それで、先生になって初めて持ったじぶんのクラスの女子をお嫁さんにしたんだ）

（え、小学生を？）

（ちがうちがう、おかあさんが高校生になってから恋人どうしになったの。で、おか

あさんが高校を卒業してすぐくらいに結婚したんだって）

（んー、なんかへんなの）

どこがどうへんなのかはうまく言えないけど、とイーナちゃんは首をひねった。

（そんなにへんじゃないよ）

わたしはイーナちゃんをなだめるように言った。なんだか知らないけれど、しんとしたきもちになった。そのとき、龍がポッと口から火を噴いた。すごい、すごい、とイーナちゃんとわたしは龍をほめた。龍っぽいね。うん、本物の龍みたい。ほめながら、げらげら笑った。

（……おかあさん、元気になるかなあ）

わたしの声にはまだ笑い声が残っていた。まだお腹をおさえていた。わたしの腹筋は振動していたが、泣くのを我慢しているような手応えがあった。

（へっちゃらイーナちゃん）

イーナちゃんは片目をつむり、ピースマークを差し出した。

3

わたしたち一家は三人になった。わたしは九歳で、姉は十三歳だった。母の葬儀をすませて、弟子屈に戻るとき、祖母が言った。

「またみんなであそびにおいでね」

姉の二の腕をこすり、姉の目を見て、わたしの二の腕をこすり、わたしの目を見て、

「かならずおいで」

と繰り返した。

「ええ、かならず」

返事をしたのは父だった。祖母は父に頭を下げ、姉の二の腕をさわり、わたしの二の腕をさわった。

以来、夕ご飯のあと、父はたまに言った。

「おばあちゃん家にまたみんなであそびにいこう」

だが、わたしたち一家はまだ祖母の家にあそびに行っていなかった。わたしたち一家が出かける先はイオンか霊園だった。母が生きていたときから、そんなに出好きな一家ではなかったが、母がいなくなってから、ひどくなった。父が外出を嫌うようになった。姉とわたしが出かけることを嫌った。姉とわたしは父が同伴しなければどこにも行ってはいけない感じになった。口に出して禁止されたわけではなかったが、通学よりほかの外出は、してはならないことのようになったのだった。

きっかけはあった。母がいなくなってそんなに時間が経っていないころだった。わ

たしたち一家は穏やかに暮らしていた。父の機嫌が安定していたのだ。姉かわたしがふと涙ぐむと、こう言った。

「かなしくていいんだ。かなしくて当たり前なんだ。忘れようとしなくていいんだ。忘れられないのだから、忘れなくていいんだ」

姉かわたしが母を思い出し、過去に向かって視線をさまよわせたときも同じことを言った。父の口調はやさしく、わたしたちに大事なことを教えてあげているようだった。

「三人になっちゃったけど、四人家族のままだよね」

姉が応じた。父は舌で唇を舐めてから、力強くうなずいた。わたしもなにか言わなくちゃいけないと思った。その場にふさわしくて、末っ子らしくて、父をさらに喜ばせるなにかだ。

「摩周湖家族のままだね」

父は嬉しさをしたたらせた目をして、わたしの頭をぐりぐりとなでた。

「いつまでも摩周湖家族ってわけさ」

いつまでも、いつまでも、とだんだん小声にしていってから、いついつまでもくらすいえ、とコマーシャルソングを歌い、鼻の頭をこすった。

姉が、開校記念日に友だちと映画を観に行きたい、と願い出たときも、父は機嫌よく許可した。同行者の名前や、彼女たちの成績や親の職業を訊ねたり、夕方六時までに帰ってくること、と約束させたりはしたが、むつかしげな顔はしていなかった。そうか、もう、友だちどうしで映画を観に行くようになったか、と感慨深そうにつぶやいたり、友だちはおまえを元気づけようとしているのだろう、と独り言を言ったりしていた。

ところが、姉の帰宅は午後六時を少しだけ過ぎてしまった。しかも、我が家の前で男子にバイバイと恥ずかしそうに手を振っているのを、おトイレで用を足す父に小窓から見られた。奇妙な言い方だが、父は火の玉みたいな真冬のドアノブになり、姉が玄関に入ってくるやいなや言葉を投げつけた。父は姉を打ったり蹴ったりはしなかったが、そのような身振りはした。頰骨の出張った細くて長い顔を真っ赤にふくらませ、瘦せたからだで足音荒く歩き回るうちに、打ったり蹴ったりの身振りだけではおさまらなくなったようで、壁を打ったり、テレビを蹴ったりした。「ひとの気も知らないでいい気なもんだ」というようなことや、「親に嘘ついて男とちちくりあって」というようなことや、「こんなことがつづいたら学校をやめさせる」というようなことを、泣きながら、鼻水をたらしながら、姉にぶつけた。

それから姉はますますますおとなしくなった。

ますます母に似てきた。

母の遺した料理ノートに記してあった料理をぜんぶつくれるようになった。母のように、父にお弁当をつくった。母がそうしていたように、タコさんウィンナーと、甘い卵焼きと、りんごうさぎをかならず入れた。

母と同じく、夕食後、父のためにお燗をつけた。お鍋に張ったお湯から徳利を取り出すときは、一回、「熱っ」と耳たぶに手をやって、父の「おいおい、やけどしなかったか?」との確認にコクンとうなずいてから、乾いたふきんを使って、徳利を取り出した。

ちいさなお盆に徳利とお猪口をのせ、リビングまでしずしずと運んだ。ソファにあぐらをかいた父がお猪口を手に取ると、「おつかれさま」と徳利をかたむけた。姉は、父の隣で横座りをしていた。父がからになったお猪口を差し出すと、「はい」と両手で徳利を持ち、注いだ。姉はほのかに笑んでいた。頭のなかで、なにか愉しいことを思い浮かべているようだった。

父の晩酌が始まると、わたしはお風呂に入った。なるべく長湯した。観たいテレビがあっても、そうした。どうしても観たいテレビがあって、ちょっと早めにお風呂から上がったときに、父が姉を抱きかかえて、じぶんのあぐらをかいたその隙間にのせていたことがあった。姉は十三歳で、もうちいさな女の子ではなかった。むじゃきに喜ぶはずがない。姉は、ほのかな笑みをたたえたまま、控えめに父から上半身を離そうとしていた。

「今度はおまえだ」

お風呂からあがったわたしに気づいた父が言った。

「宿題まだやってないんじゃないの？」

父から解放された姉がわたしに言った。

「うん、まだ」

とわたしが言いかけたら、

「宿題がすらすらできるおまじないをしてやろう」

と父が酔ってむくんだ顔をカタカタと左右に振った。おいで、と手招きされたので、わたしは父のそばに行かなくちゃならなかった。父はわたしに回れ右をさせ、胸の下あたりに腕をまわし、よいしょ、と抱きかかえ、「重くなったなあ」とじぶんのあぐらをかいたその菱形っぽい隙間に、わたしのお尻をのせ、強い力でぎゅうっと抱きしめた。ぎゅうっと。

（きょうはセーフだった？）

イーナちゃんが訊いた。かたわらには、龍がいた。龍は、イーナちゃんより大きくなっていた。わたしの部屋におさまるかどうか怪しい大きさだったが、ちゃんとおさまっていた。龍は、もうピンク色ではなかった。背びれや翼の先にまだ少し残っているけれど、全体としては、イーナちゃんの目と同じ、深い青をしていた。

(ゆでだこになりそうだったけどね)

わたしはセーフの身振りをし、

(でも、おねえちゃんが)

とうつむいた。

(おねえちゃんは、おとうさんがお酒を飲み始めたら、お風呂入りなさい、って言ってくれるんでしょ?)

(うん、でも)

(おねえちゃんには「ほうほう」があるんでしょ?)

(そうなんだけど)

姉はできるだけ早く父から解放される「ほうほう」を見つけていた。サービスと言って、徳利の数を倍にするのだ。そしてドンドンお猪口に注ぐのだ。父は酒に強くなかったが、姉を膝にかかえて飲むことは大好きだったので、姉に勧められるまま飲んだ。

「三本目を空けたくらいで、あたらなくなるの」

硬い表情で、姉がわたしに言った。教えてくれているようだった。あたらなくなるのは、ありがたかった。わたしは一度しか父に抱きかかえられた経験がなかったが、お尻になにかがあたるのが、ほんとうにいやだった。

「そしてすぐに眠たくなるの。だから、『こんなところで眠ったら風邪ひきますよ』って言って、寝る部屋に連れていけばいいんだよ」

姉は歯をむきだし、ぎこちなくにいっとし、ピースマークをした。わたしも同じ顔つきをつくって、指を二本立てた。でも、それで父の行為がおしまいになるのかどうかは分からなかった。わたしがお風呂から上がって、しばらく経っても、姉が父の——元は父と母の——寝室から出てこないことがあった。寝室から物音が聞こえてくることがあった。わたしは急いで二階に上がり、ふとんをかぶって、姉が早く二階にあがってこられますように、と神さまにお願いした。姉がなかなか自室に戻ってこないときは、目と目のあいだが痛くなるくらい目をつぶって、お願いした。でも、姉の代わりになりたくはなかった。だから、わたしのお願いを神さまは聞いてくれないのかもしれない、と思った。わたしがずるくて、卑怯だから、姉を助けられないのだ。

（へっちゃらイーナちゃん）

イーナちゃんはウインクをして、うつむくわたしの頭をなでた。見上げたら、龍はちっちゃな炎をつづけざまに口から吐いていた。ぽっ、ぽっ、ぽっ、とわたしの部屋のあちこちにオレンジ色のちっちゃな炎が浮かんで、消えた。

4

二月の末の夜明け前だった。姉に揺り起こされた。わたしは十一歳で、姉は十五歳だった。わたしたち一家は三人だった。三人で、青い水のなかで暮らしていた。注ぎ込む川も、流れ出る川もない、一定の水位を保つそのなかで暮らしていた。

姉は中学三年だったが、父に進学を禁じられていた。さしたる理由もなく進学しないと姉の担任に怪しまれるので、姉は公立高校に願書だけは出していた。そうしておいて、受験当日、風邪を理由に欠席した。二次募集の情報を担任に知らされても、「どうしても第一希望の高校にいきたいので浪人します」と答えるよう、父に指示されていた。「そしたら、おれは」と父は幅が狭くて長くて頬骨の出張った顔をカタカタと左右に振り、「本人の意思を尊重しますって言ってやるから」と言った。

「仕度して。早く」

姉の声は低かった。もうコートを着ていた。紺色のダッフルコートだった。わたしが目をこすっていたら、クローゼットからわたしのリュックを出した。たんすの引き出しを開け、肌着を取り、リュックに入れた。豆電球だけの灯りの下で見る姉はどろぼうのようだった。

「どうしても持っていきたいものだけ、入れて」

とリュックを投げてよこした。わたしはようやっと上半身を起こしたところだった。イオンで買ったピンク色のリュックが、わたしのお腹に寄っかかっていた。わたしはファスナーが開いていたリュックをつかんだ。

「おかあさんの写真」

と言って、ベッドから飛び起きた。パジャマを脱ぎ、学習椅子にかけていた、きのう着ていた服を着始めた。長袖のしましまTシャツと、ジップアップのフリース、下はストレッチのスキニー。ぜんぶ、イオンで買ったものだった。

「持った」

すぐさま姉が答えた。

「お位牌も持った」

とつづけた。うなずいたわたしは着替えを終え、コートに袖を通した。姉がなにをしようとしているのか、分かった。それは、わたしがいつも考えていたことだった。考えたとたん、夢のまま終わるだろうとあきらめていた。

前夜も考えた。頭からふとんをかぶり、目を開けたまま考えた。手にはスプレー式の消火器を握りしめていた。スプレー式の消火器は台所から持ってきた。母が生きていたころからガス台の下に備えてあった。いつからなのか分からないくらい、むかしから、そこにあった。だから、使えるかどうか分からなかった。でも、わたしは水を飲むふりをして台所に行き、パジャマの上衣の下にそれを隠して、二階に上がった。万一の場合、それを吹きかけ、目つぶしをするつもりだった。

前夜、わたしはお風呂に入った。姉はソファで横座りになり、父にお酌をしていた。父は顔をカタカタと左右に振りながら、姉に言葉を投げつけていた。

「おまえの顔はどこまで長くなるんだ？」

「しかし、おまえは日に日にみっともなくなるなあ」

「その頬骨。なまじ痩せてるもんだから骸骨（がいこつ）みたいだ、骸骨、骸骨、しゃれこうべ」

「男ならまだしも、女でその顔じゃなあ。女のほっぺはふっくらまぁるいのがいちばんいいんだよ」

姉の顔立ちは、だんだんと父に似てきていた。父が姉を抱きかかえる機会はめっきり減っていた。「ほうほう」を使わなくてもよい夜が増えていた。その代わり、父が姉に言葉を投げつける夜が増えた。父は機嫌よさそうに、おもしろい冗談を口にするように、姉に言葉を投げつけた。真冬のドアノブになって、言葉を投げつける夜もあった。投げつける言葉の内容は変わらなかったが、そんな夜は、姉をきつく抱きかかえた。

わたしは髪とからだを洗い、バスタブにつかった。入浴剤を入れていなかったので、透明なお湯だった。わたしのからだがよく見えた。おっぱいを両手でおおった。わたしのおっぱいはふくらもうとしているらしく、張っていて、ときどき、痛くなった。またのあいだには大人のしるしがうっすらと認められた。

わたしたち一家のなかで、わたしの役目は、なんにも知らない末っ子のままだった。わたしは摩周湖に行った七歳のときのわたしのふるまいをお手本にしていた。イオンで父になにか買ってもらったら「やったー」とバンザイをするようなからだの動きをした。わたしの顔立ちは七歳のころと変わりなかった。ふっくらとした頰のままだった。背もあまり伸びていなかった。だから「やったー」をやっても、それほど不自然ではなかった。

バスタブを出て、水のシャワーを浴び、また戻る。それを何度も繰り返す。頭がぼうっとするくらいまで繰り返す。これがわたしの入浴法だった。

前日もそうしていた。何度目かの水シャワーのあと、バスタブにつかっていたら、ドアが開いた。芋虫みたいにゆっくりと開いた。わたしたち一家の浴室のドアは折り畳み式だった。ゆっくりと三角形の山ができ、ドアが開いたのだった。

「いいお湯ですか?」

父が訊ねた。てらてらと赤くて、細長くて、頰骨の出張った顔いっぱいで笑った。わたしは声が出なかった。胸とまたのあいだを隠したかったが、そんなことをしたら、絶対叱られると思った。父の後ろには姉がいた。姉は父の背なかを見ていた。姉の顔には力が入っていた。すごく力が入っていたので、姉の顔は犬のように突き出ていた。目にも力が入っていた。姉の目はなにかを一生懸命考えているようでもあり、なにを考えればいいのか、まずそこから考えているようでもあった。

ふううう っ、とお酒くさい息をついてから、父は、

「ほう」

と満足そうに目を細めた。顔をカタカタと左右に振りながら、下唇を舐め、

「ごゆっくり」

とドアを閉めた。

それだけだった。わたしの心臓は破裂しそうなほど大きく打ちつづけた。結局、その日はそれで済んだ。そう思えるまでは時間がかかった。お風呂から上がって、自室に行って、ベッドに入っても、「済んだ」とは思えなかった。朝がきて、初めて、「済んだ」ことになると思った。これから、こんな日がいつまでもつづくのだと思った。「済んだ」日と、「済まなかった」日が絡み合う毎日が始まってしまいそうだと思った。

足音を忍ばせて、姉が玄関に向かった。わたしもそうした。姉は息を詰め、なるべく音が立たないよう注意して、玄関の鍵を開け、ドアを開け、そして閉めた。わたしたちは玄関フードのなかに立ち、また鍵を開け、ドアを開け、ドアを閉め、外に出て、

走った。全速力で走った。日中ちょっと上がった気温が下がったせいで、足元はアイスバーンとなっていたが、わたしたちは転ばなかった。

「駅？」

走りながら姉に訊いた。姉は走りながらうなずいた。わたしたちが行くところは弟子屈の祖母の家しかなかった。

（まず札幌駅まで行って、スーパーおおぞらに乗り換えて、釧路についたら、摩周行きの列車に乗るのよ）

母の言葉をわたしは胸のうちでお経のように唱えた。あのとき聞いた母の言葉をわたしは覚えていた。姉もたぶん覚えていた。

「お金は？」

上がった息を吐き出しながら、姉に訊いた。わたしは少し速度をゆるめていた。駅まではバスで十分くらいかかる。その距離を全速力で駆け抜けるのは無理だった。

「ある」

姉も速度を落とした。

「おとうさんの盗ってきた」

肩で息をしながら付け足した。

「足りるかな？」

わたしが言うと、

「足りる、足りる」

と姉がわたしの手を握った。わたしは握り返した。姉もわたしも手袋をはめていた。ふたりとも薄い五本指の手袋だったが、握り合った感触は薄かった。なので、強く握り返した。すると姉がわたしを見た。わたしも姉を見た。ちょうど電燈と電燈のあいだの、いちばん暗い場所だった。それでも真っ暗ではなかった。姉の顔は引き締まっていた。普段よりちいさく見えた。輪郭も、目も、鼻も、口も、普段よりちいさく見えた。わたしの口がひらいた。

「かっ」

言いかけたら、姉がすぐに言葉をかぶせた。

「そんなこと思っちゃだめ」

絶対に、絶対に、と姉は目から涙を流した。

「うん」

わたしも泣きながらうなずいた。わたしたちは、今、父をかわいそうと思ってはいけない。絶対に、絶対に、思ってはいけない。

「うん」

もう一度うなずいたら、背後から怒号が聞こえた。

「なにするつもりだ、どこ行くつもりだ、逃げられると思ってんのか、勝手なことするな、こどものくせに」

父は、そのようなことをダァァとかゴラァァをまぶしつつ叫んでいた。父は、通勤用の黒いコートをパジャマの上に引っ掛けていた。ボタンを留めていなかったので、コウモリみたいな黒い羽根をはやしているようだった。

わたしたちはふたたび全速力で駆けた。最初はよかったが、足が疲れていたせいで、すぐに早く走れなくなった。わたしの足は海中を歩くようにのろまだった。膝がなんだかガクガクして、幾度かくずおれた。そのたび姉が助けてくれた。姉の膝がばかになったときは、わたしが助けた。わたしたちは急いだのだが、前進している気がしなかった。父の怒声が近くなった。距離は分からなかったが、父の息のにおいがしてきたような感じがした。今にも襟首を摑まれそうだった。でも、襟首を摑まれて、家まで引きずられて、言葉を投げつけられて、お風呂をのぞかれて、「済まなく」なっても、ほんとうにそうなるまでは、急ごうと思った。心臓が破裂して、からだがばらばらに吹き飛ばされても、走ろうと思った。走って、走って、走って、走ろうと思った。まばたきをしたら、足元がふらついた。わたしは自分がスローモーションで倒れるところを見たと思った。足が地面についていず、からだがななめになっていたので、転んだ、と思った。もう、だめだ、と思った。でもちがった。

龍がわたしを摑み上げてくれたのだった。わたしは龍の背びれにしがみついた両腕を起点として体勢を立て直し、龍にまたがった。大きく足をひらいて、またがった。やはり龍の長い爪のはえた指でじょうずに摑み上げられていた姉も、わたしと同じく龍にまたがった。

（セーフ）

イーナちゃんが振り返った。イーナちゃんは、龍の首に颯爽（さっそう）とまたがっていた。銀色の髪をなびかせ、りりしい眉を上げ、腕を伸ばして、前方を指差した。

（さあ、行こう）

龍が大きな青い翼を悠然とはためかせるたびに、ぐんっ、ぐんっ、とわたしたちは高く上がった。ぐんっ、ぐんっ、と地上の父のすがたがちいさくなった。やがて見えなくなり、下界が暗闇になった。龍は堂々たるからだを躍（おど）らせ、高い空を飛びつづけた。空は夜から朝に移った。わたしたちは、イーナちゃんがあやつる龍の背にまたがり、夜の色から朝の色に移るあわいの幾種類ものトーンの色に彩られた空のなかを飛んだ。

「この子、だれ？」

姉がイーナちゃんを目でさした。わたしが答えるよりも先に、イーナちゃんが振り返って片目をつぶった。

（へっちゃらイーナちゃん）

そのとき、わたしの頭のなかに、あるシーンが流れ込んだ。

母が畳に座り、人形を手にしていた。母が座っているのは、祖母の家の和室のようだった。昼下がりで、赤ちゃんのわたしは座布団の上に寝かせられていた。幼児の姉も大の字になって眠っていた。お腹に花柄のタオルケットがかかっていた。

母が手にしていたのは、古びた目つぶり人形だった。横にすると目をつぶり、起こすと目を開ける人形である。幼かった時分の母のお気に入りだった。祖父と祖母に「いーな、いーな、その人形」とやさしくからかわれたので、イーナちゃんと名づけた。片時も離さず、横にしたり、起こしたりしてまばたきをさせた。でも、そのせいで、壊れてしまった。その人形は片目しかつぶらなかった。

ふふふ、と母は——まだ若い女性だった母は——笑った。

「あたし、へっちゃらよ」

裏声でつぶやき、そう人形に言わせた。

「へっちゃらイーナちゃん」

人形を横にし、片目をつぶらせた。

祖父が亡くなり、その後片付けのため、ひとり娘だった母はしばらく実家に残りたいと父に頼んだ。ひとりになった祖母のそばにいてあげたい、と言った。父は許さなかった。

「親がひとり死んだくらいで甘えるな。おれはふたりともいないぞ」と胸をそらし、

「おまえが実家にいるあいだ、おれはひとりだ、おれのそばにいてあげたくないのか」

と母の肩を揺すった。実家の客間で、父は夜通し「許さない、許さない」と平坦に呻(うめ)いた。だが、母は実家に残ることにした。ひとまず、そうした。父のもとに二度と帰りたくないきもちと、父をかわいそうと思うきもちが入り交じっていた。ひとまず残り、どちらのきもちが大きくなるか見てみようとした。どちらのきもちもちいさくなって、母は父の元に戻った。ほんとうはかわいそうなひとなの、家族ってものに慣れていないんだね、と祖母と会話したあと、実家を出て、列車で釧路に行き、スーパーおおぞらに乗り換えて札幌に着き、小樽行きに乗った。父の待つ家が近づくにつれ、父の機嫌が気になり出した。

順当に考えれば、父の反対を押し切り家を留守にしたのだから、父の機嫌がよかろうはずがない。けれども、母がこどもを連れて帰ってきて、また一家四人の生活が始まるのだから、上機嫌という場合も考えられる。上機嫌だったとしても、いつなんどき不機嫌になるかしれない。機嫌が悪くなったら、父の気の済むまで言葉を投げつけさせてあげなければならない。わたしたち一家のなかでは、父がもっとも賢く、もっ

とも公明正大で、つねに正しく、もっとも強い存在だと認めてあげなければならず、それは母が愚かで、卑怯で、間違っていて、弱い存在だと認めることとおんなじで、そうしなければ、父はじぶんというものを維持できないのだから、母はそうしつづけなければならない。娘ふたりにもおとうさんが絶対だと信じ込ませなければならない。おかあさんのようになりなさい、そうすればうまくいく、と身をもって教えなければならない。

小樽駅に着き、引き返そうか、と母は思った。こうも思った。はっと気づくように、こう思ったのだ。もしかしたら、父は変わるかもしれない。

小学校五、六年の担任だったころの父は、クラスのひとりひとりのよいところを見つけ、誉めてくれた。みんなの大好きな先生だった。母も父が大好きだった。先生だった父が母につけた愛称は「クラスのおかあさん」だった。先生だった父は、目立たないけれど、いつもにこにこ笑っている母の放つ、暖かでふくよかなムードをたいそう貴重なものとし、クラスに浸透させた。

わたしのなかに、家に戻ったときの母のきもちが入り込んだ。四年前、一家で祖母の家に行ったときのきもちも忍び込んだ。母はじぶんがよくない病気におかされていると知っていた。父が変わらないことも知っていた。母は、じぶんがこの世から消えたら、わたしたちがつらい思いをすることも、具体的ではなかったが予期していた。

だから、父を説得したのだ。祖母の家には立ち寄るけれど、宿泊はホテルにすると約束し、姉とわたしを連れてきてくれたのだ。姉とわたしを連れて逃げる勇気は、母になかった。最初からなかったのか、すり減ってしまったのかは分からない。単純に疲れたのかもしれない。

わたしたちを乗せた青い龍が、大空を駆けていく。わたしは風になびくイーナちゃんの銀色の髪を見ている。わたしたちは父を捨てる。わたしたちは泣かない。へっちゃらではないが、へっちゃらと言う。大きな声で、何度も言う。

解説

瀧井朝世（ライター）

少女たちにとって、この世界は不思議に満ちている。

その不思議の世界は実在するものかもしれないし、彼女たちの豊かな想像力が作り出したものかもしれない。でもそれは確実にそれぞれの人生に、大きな、あるいはかすかな影響を与えていく。

この短篇集には全五話が収録されている。「留守番」は雑誌『Mei（冥）』、「カワラケ」「あたしたちは無敵」「おもいで」はウェブサイト「ダ・ヴィンチニュース」で発表されたもので、「へっちゃらイーナちゃん」は書き下ろし。異なる媒体に発表されたものであるが、少女たちにまつわるちょっぴり不思議な話、まさに少女奇譚であることが共通している。単行本は二〇一六年五月に刊行され、本書はその文庫化だ。

少女という言葉から、どんなイメージを連想するだろうか。あどけなさ、たおやかさ、純真さ、世間知らず、背伸び、未成熟な自我、怖さ、脆さ……さまざまなキーワードが浮かぶ。それらが全部、この作品集の中には詰まっている。

主人公はみな、小学五、六年生。初潮を迎える直前の年頃だ。少女から大人へと成長していく過程で、彼女たちに降りかかる変化は何か。

「留守番」……十一歳のウーチカ（卯月(うづき)）は、五歳の妹、タマゴン（珠緒(たまお)）とお留守番を頼まれる。お風呂(ふろ)で髪を洗ってあげるなどかいがいしく妹の面倒を見ているウーチカには秘密がある。それはテレビの後ろの三角形の隙間にいた、スーパーボールのような、変な生き物をキャンディポットに入れて飼っていること。芸人を目指すウーチカだが、その動機や、コンビを組む相手選びにほの見える少々身勝手な自意識は、あの年頃を経験したことがある人なら、きっと理解できるはず。

「カワラケ」……カワラケとは、素焼きの土器、特にお椀(わん)やお皿の形状のものを差す言葉だという。女系家族・井垣(いがき)家に生まれた女の子はみな初潮を迎える頃、カワラケといって顔の皮膚が素焼きのお面のように硬くなる現象に見舞われ、それがはがれると一層美しくなるという。小学六年生の藍玉(らんぎょく)もカワラケの時期を迎え、「おほーばの家」で一人静かに過ごすことになる。井垣家の人びとが、どこか〝女性としての美しさ〟に価値を置いている様子であるところが、怖くもある。

「あたしたちは無敵」……小学六年生のリリアは学校の帰り道、きらきらと光る乳歯のようなものを拾う。同級生の清香(さやか)と沙羅(さら)も似たようなものを拾ったといい、三人はそれを自分たちに特殊な能力を授けてくれるもので、世界を救うヒロインに選ばれたと確信する。これはコミカルな一篇としても読めるが、終盤の、何を救うべきかという問いかけには、大人にとっても難しい現実問題として突き刺さる。

「おもいで」……明日は従姉(いとこ)のりっちゃんセンパイが結婚披露宴という日、十一歳の花梨(かりん)が夜中に目を覚ますと、高校二年生の自分になっている。それから寝て目を覚ますたびに、花梨は少しずつ年齢を重ね、自分の未来を体験していく。朝倉版〈女の一生〉である。それを寓話(ぐうわ)めいた文体で柔らかく語るところに本作の味わいがある。また、すべてが彼女の夢だとしても、実際に起きたことだとしても、どこかホラーめいた感触が残る。

「へっちゃらイーナちゃん」……七歳の時に家族と出かけた摩周湖(ましゅうこ)で、不思議な女の子イーナちゃんと出会った〈わたし〉。八歳で母が入院、九歳で父と姉との三人家族になり、父親の言動がおかしさを増していく。そして十一歳になった時、姉と〈わたし〉はある決断をする。とにかく妹に対する姉の思いが泣ける。また、次第に母親の複雑な思いが浮かび上がってきて胸を突かれる。

幻想的で、時にホラーテイストを交えたこの五篇。いくつかの共通するキーワードが見えてくるので、それを挙げてみたい。

〈イマジナリーフレンド〉……「留守番」のウーチカが見つけたもの、「へっちゃらイーナちゃん」のイーナちゃんは、主人公たちが空想で生み出した友達だと解釈できる。ただ、「留守番」の、何か妖精や妖怪めいたものは実在していて、それが力を発揮したからあのラストを迎えるとも考えられるし、イーナちゃんは〈わたし〉の思いではなく、母親の思いが生み出したものだともいえなくない。

次に、〈初潮〉。どの主人公も初潮を迎える時期にいるといえるが、特に「カワラケ」の藍玉に起きる変化は、明らかに初潮を迎える時に起きている。「おもいで」では少女が初潮を過ぎた後どう生きていくかが描かれるし、また、「へっちゃらイーナちゃん」で姉がある決断をするのは、妹が初潮を迎える時期、つまり女になる時期にさしかかった時である。

〈親と娘〉……「留守番」で母親が再婚しており、ほんとうのおとうさんと新しいおとうさんに対するウーチカの思いがそれぞれ語られている。「カワラケ」の藍玉は、母親との関係性を重視している。それに対して最後に母の娘に対するあの反応……。そこに母と娘、女と女の微妙な関係が表れているとも読み取れる。「へっちゃらイーナちゃん」はなんといっても父親に不快感を覚えずにはいられない。また、先述のように母の思いも次第に浮かび上がる。ここで秀逸なのは、姉妹が父に対して〈わたしたちは、今、父をかわいそうと思ってはいけない。絶対に、絶対に、思ってはいけない〉という言葉があることだ。自分に理不尽な振る舞いをする相手でも、特にそれが肉親だと、憎むことが容易ではない場合がある。悪とそれに抵抗する者という簡単な図式に落とし込まず、家族の複雑な感情を含ませる視点の持ち方はさすがである。

〈守りたいもの、愛したいもの〉……ウーチカは妹の面倒を見るし、藍玉は母親と仲良くしたい。リリカたちは世界を救いたいし、姉は全力で〈わたし〉を守ろうとする。本当は自分たちが守られなければならないいたいけな存在であるのに、彼女たちは守られたいと願うよりも、自分から何かに、誰かに愛情を注ごうとしている。

しかし、すべての話に共通するのは、少女たちは〈無力〉ということだ。彼女たちは、自分で自分の世界をコントロールすることはできない。その事実を、毒と幻想とユーモアを交えつつ、切実に描き出しているのがこの短篇集だと言うこともできる。

朝倉かすみには『植物たち』（二〇一五年刊行、現・徳間文庫）という、植物の生態を人間たちに投影して描いた奇譚集がある。そこに収録された「村娘をひとり」という中篇に、『キルギスの誘拐結婚』『ある奴隷少女に起こった出来事』『わたしはノジュオド、10歳で離婚』といった実在の書籍が登場する。タイトルからも想像できる通り、過酷な人生を背負わされた少女たちについてのドキュメントであり、著者はこうした問題に関心を抱いているとうかがえた。その関心は、本作にも反映されているといえるのではないだろうか。

また、「目の穴」といった子供らしい表現や、「真冬のドアノブ」といったすぐさまイメージできる的確な表現、カントリーマアムといった時代、生活ぶりが想像しやすい固有名詞の配置、そして挙げたらきりがないほどの、少女たちの細やかな心理描写など、言葉、文章のひとつひとつが丁寧に練り上げられている点も特筆しておきたい。

山本周五郎賞受賞作『平場の月』（二〇一八年、光文社）について読書会を開き、著者にゲストで参加してもらったことがある。その際、会話文に「マジか」と書くか「マジで」と書くか、そこにまで気を配っていることを知ってびっくりした。さらに驚くのは、読者がそんな著者の工夫や意図に気づかないまま、著者が意図した世界観を正確に受け取っていたことだ。それくらい、世界の構築を自然なレベルで成し遂げられているのが朝倉作品の魅力だ。下手をしたら、朝倉かすみの巧さに気づかない読者も多いかもしれない。本作も、「なんだか不思議な話だったな」という感想で終わってしまう人もいるかもしれない。でもそれでも、心の底に、簡単に言葉にはできない余韻が残されているのではないか。どこか心に残る場面や言葉、頭に浮かんだイメージがあるのではないか。それは、簡単には説明できない少女たちの感受性、自意識、彼女たちが見ている世界の不思議さと怖さを、冷静に言葉を選んで的確に積み上げる著者の筆力のなせる技。現実社会を舞台にした小説からこうした奇想譚まで彼女の作風は幅広いが、全作品に共通しているのは、その確かさなのである。

本書は、二〇一六年五月に小社より刊行された単行本を文庫化したものです。

少女奇譚（しょうじょきたん）

あたしたちは無敵（むてき）

朝倉（あさくら）かすみ

令和元年 10月25日　初版発行
令和６年 12月20日　再版発行

発行者●山下直久

発行●株式会社KADOKAWA
〒102-8177　東京都千代田区富士見2-13-3
電話　0570-002-301（ナビダイヤル）

角川文庫 21854

印刷所●株式会社KADOKAWA
製本所●株式会社KADOKAWA

表紙画●和田三造

●お問い合わせ
https://www.kadokawa.co.jp/（「お問い合わせ」へお進みください）
※内容によっては、お答えできない場合があります。
※サポートは日本国内のみとさせていただきます。
※Japanese text only

ISBN 978-4-04-108753-4　C0193

JASRAC 出 1907978-402　◆◇◇

角川文庫発刊に際して

角川源義

第二次世界大戦の敗北は、軍事力の敗北であった以上に、私たちの若い文化力の敗退であった。私たちの文化が戦争に対して如何に無力であり、単なるあだ花に過ぎなかったかを、私たちは身を以て体験し痛感した。西洋近代文化の摂取にとって、明治以後八十年の歳月は決して短かすぎたとは言えない。にもかかわらず、近代文化の伝統を確立し、自由な批判と柔軟な良識に富む文化層として自らを形成することに私たちは失敗して来た。そしてこれは、各層への文化の普及滲透を任務とする出版人の責任でもあった。

一九四五年以来、私たちは再び振出しに戻り、第一歩から踏み出すことを余儀なくされた。これは大きな不幸ではあるが、反面、これまでの混沌・未熟・歪曲の中にあった我が国の文化に秩序と確たる基礎を齎らすためには絶好の機会でもある。角川書店は、このような祖国の文化的危機にあたり、微力をも顧みず再建の礎石たるべき抱負と決意とをもって出発したが、ここに創立以来の念願を果すべく角川文庫を発刊する。これまで刊行されたあらゆる全集叢書文庫類の長所と短所とを検討し、古今東西の不朽の典籍を、良心的編集のもとに、廉価に、そして書架にふさわしい美本として、多くのひとびとに提供しようとする。しかし私たちは徒らに百科全書的な知識のジレッタントを作ることを目的とせず、あくまで祖国の文化に秩序と再建への道を示し、この文庫を角川書店の栄ある事業として、今後永久に継続発展せしめ、学芸と教養との殿堂として大成せんことを期したい。多くの読書子の愛情ある忠言と支持とによって、この希望と抱負とを完遂せしめられんことを願う。

一九四九年五月三日